DESCOBRINDO OS CLÁSSICOS

AMOR? TÔ FORA!

LUIZ ANTONIO AGUIAR

editora ática

Amor? Tô fora!

Gerente editorial	Claudia Morales
Editor	Fabricio Waltrick
Editor assistente	Emílio Satoshi Hamaya
Seção "Outros olhares"	Veio Libri
Coordenadora de revisão	Ivany Picasso Batista
Revisoras	Bárbara Borges
	Luciana Soares da Silva
ARTE	
Editor	Vinicius Rossignol Felipe
Diagramadora	Thatiana Kalaes
Editoração eletrônica	Hey Bro design
Pesquisa iconográfica	Sílvio Kligin (coord.)
Ilustrações	Daniel Bueno
	Samuel Casal (caricatura)

CIP-BRASIL. CATALOGAÇÃO NA FONTE
SINDICATO NACIONAL DOS EDITORES DE LIVROS, RJ

A23a

Aguiar, Luiz Antonio, 1955-
Amor? Tô fora! / Luiz Antonio Aguiar. - 1.ed. - São Paulo : Ática, 2010.
160p. - (Descobrindo os clássicos)

Tema: Ressurreição ; A mão e a luva ; Helena ; Iaiá Garcia / Machado de Assis
Apêndice
Acompanhado de suplemento de leitura
ISBN 978-85-08-12772-6

1. Novela infantojuvenil brasileira. I. Assis, Machado de, 1839--1908. II. Título. III. Série.

09-5916 CDD: 028.5
CDU: 087.5

ISBN 978 85 08 12772-6 (aluno)
ISBN 978 85 08 12773-3 (professor)
Código da obra CL 737030

2014
1ª edição
3ª impressão
Impressão e acabamento: Yangraf Gráfica e Editora

Av. Otaviano Alves de Lima, 4400 – CEP 02909-900 – São Paulo, SP
Atendimento ao cliente: 4003-3061 – atendimento@atica.com.br
www.atica.com.br

FALAR (E ESCREVER) AO CORAÇÃO

Já se tornou um lugar-comum dividir a obra de Machado de Assis em duas fases, antes e depois de *Memórias póstumas de Brás Cubas*. Também se costuma repartir seus livros entre românticos e realistas, ou entre os menos importantes e os mais importantes. Há tempos que os quatro primeiros romances de Machado, *Ressurreição*, *A mão e a luva*, *Helena* e *Iaiá Garcia*, considerados os menos badalados, requerem um olhar bem mais atento.

É o que vai fazer a turma de adolescentes de *Amor? Tô fora!* Não que eles estejam interessados em escrever crítica literária, ou que precisem ler os livros para prestar alguma prova. Sabendo que essas obras narram venturas e desventuras do relacionamento amoroso, querem ver se a leitura delas pode ajudá-los a resolver seus problemas afetivos.

Felipa, Cristóvão, Noca e Gegê vivem se atrapalhando com namoro, paixão, amor e afins. Já quebraram a cara, tiveram o coração partido ou marcaram bobeira várias vezes, e participam de uma comunidade na internet em que trocam esse tipo de confidências. Mas, querendo ir mais fundo e tentar entender por que fazem o que fazem, os quatro resolvem se encontrar ao vivo. Só que essa de contato cara a cara e conversa olho no olho para troca de experiências não faz parte da cultura deles, não é algo a que estejam acostumados. E aí começa uma nova e diferente rodada de atrapalhações.

A tática escolhida foi se recolherem a um casarão repleto de passado e, ajudados por Roberta, herdeira do imóvel e pesquisadora de temas da literatura brasileira, conversarem sobre o amor, não em suas vidas, mas nos quatro primeiros romances de Machado. Querem entender as atitudes dos personagens para ver se entendem as suas próprias.

Roberta tem concepções originais sobre esses quatro romances, que ressaltam não apenas a intensidade do amor, mas também um fino diálogo entre essas obras e as que Machado de Assis escreveu depois.

A leitura dos clássicos, porém, vai representar para a turma mais que uma viagem pela literatura brasileira. Será uma experiência de vida.

Os editores

Os trechos de *Ressurreição*, *A mão e a luva*, *Helena* e *Iaiá Garcia* foram extraídos das edições publicadas pela Ática na série Bom Livro, cotejadas com as edições críticas do Instituto Nacional do Livro.

SUMÁRIO

Hoje, se me pergunto por que amo a literatura, a resposta que me vem espontaneamente à cabeça é: porque ela me ajuda a viver [...] Ela nos proporciona sensações insubstituíveis que fazem o mundo real se tornar mais pleno de sentido e mais belo [...] Ela permite que cada um responda melhor à sua vocação de ser humano [...] O leitor [...] lê essas obras [...] para nelas encontrar um sentido que lhe permita compreender melhor o homem e o mundo, para nelas descobrir uma beleza que enriqueça sua existência; ao fazê-lo, ele compreende melhor a si mesmo.

(Tzvetan Todorov, *A literatura em perigo*, 2009)

Iniciando

Ele piscou os olhos de repente, se dando conta de que já estava há alguns minutos parado, diante daquele portão de ferro, sem se decidir a apertar a campainha do interfone.

Chegou a erguer a mão, dessa vez, mas deteve-se:

"Não acredito que logo eu fui propor uma maluquice dessas. Vou me enrolar todo, fazer papel de palhaço, mostrar o otário que eu sou, vou... Eu devia é fugir, cair fora! Agora! Ia acontecer o quê? Ninguém conhece minha cara, nem sabe meu nome, nem como me encontrar! É isso, tenho mesmo é de escapar dessa roubada, antes que...".

Talvez, se fosse completar a frase, dissesse para si mesmo: "... antes que eu fique tentado demais a entrar aí!". Sim, talvez fosse isso o que ele deixou de se dizer ao cortar a frase com o movimento da mão, que por conta própria encontrou o botão da campainha. Então, ele se surpreendeu com o zumbido elétrico, encaixotado na parede, e mais ainda com a voz, segundos depois, lhe exigindo:

– A senha!

Como ele não respondesse, a voz insistiu:

– A senha!

– Amor? Tô fora! – ele gaguejou. E completou, seguindo as instruções: – Pode me chamar de Cristóvão!

Mais dois segundos de espera, alguns estalidos, e o portão se abriu.

• 1 •

A comunidade esquisita

A comunidade tinha um nome esquisito e regras igualmente esquisitas. Ou melhor, nome de comunidade esquisito, na internet, não é esquisito. Mas só que aquele era esquisito demais mesmo. E havia ainda as regras.

O nome da comunidade era: "Nunca mais quero me apaixonar". E as regras eram: "Nada de julgar, criticar nem analisar, nem tentar dar lição (como se todos aqui não fossem uns desastrados que não sabem por que e como as coisas acontecem, e apenas vão levando no trambolhão, e, quando veem, se enrolaram inteiramente...). Nada de alegar a tal da voz da experiência, para ficar se achando o sábio-gostosão ou a sábia-gostosona do pedaço, como se experiência em levar chinelada pudesse ser passada sem a chinelada junto. Nada de dicas sobre quem é quem, nada de fotos, nem de nomes (somente codinomes). E a principal, a regra-chefona de todas: se dois membros da comunidade começarem a namorar, mesmo que seja só on-line, estão expulsos!".

Quem tinha inventado as regras?

Ninguém sabia.

Havia lendas variadas sobre como a coisa tinha começado. Sobre os misteriosos fundadores da comunidade.

Só que lendas, na internet, é o que mais tem.

Outra coisa que também acontece muito nessas comunidades mais esquisitas, ou seja, mais fechadas e com regras igualmente estranhas: brigas, dissidências. Daí, um grupo se desliga e funda outra comunidade parecida com a original, mas com regras diferentes.

Foi mais ou menos o que aconteceu na comunidade "Nunca mais quero me apaixonar". De repente, um dos membros descobriu que tinha uma porção de gente da comunidade se encontrando secretamente. Era um tal de trocar fotos e confidências, de papos clandestinos pela *webcam*, que parecia confirmar a sabedoria do mundo que diz que tudo o que é escondido é mais gostoso.

E tinha até os que não paravam só nos encontros virtuais, mas se aventuravam a se conhecer no mundo físico, este mesmo do ar empesteado de fumaça de carros, barulho de buzinas, etc.

A outra parte dos membros se sentiu traída. Os transgressores foram expulsos e surgiram várias propostas de reformulação da comunidade, cada qual com regras ou mais rígidas ou mais flexíveis do que as anteriores. E havia um grupo de quatro membros que não se encaixou em nenhuma dessas propostas, que queria uma coisa diferente, mesmo sem saber ainda o quê. O perfil dos integrantes desse pequeno grupo era o seguinte:

Felipa

"Não tenho problema nenhum. O problema não sou eu, mas é que não existe mais garoto que preste no mundo. E eu não deixo ninguém me fazer de idiota! Nunca, comigo, não. Tá, às vezes eu exagero um pouco... como nessa última que eu fiz... mas não deu pra segurar. No que vi a bicicleta do meu mais recente ex-namorado estacionada na rua, destruí a porcaria! Com um canivete furei os pneus, risquei-a toda, rasguei o banco, joguei-a no chão vinte, cem, mil vezes até ela ficar toda torta. Mas acontece que na verdade não era a bicicleta dele. Era da mesma marca, mesmo tamanho, mesma cor, e ainda parada na frente do prédio dele (onde eu estava de tocaia): me enganei feio. O porteiro chamou a polícia e eles me levaram. Meu pai me tirou da delegacia e no dia seguinte eu estava na porta do prédio dele de novo. Tinha outra bicicleta parada lá, e eu quebrei ela também. Dessa vez, acertei: era a dele. Não foi a primeira briga com ele... Depois, a boba aqui liga (quer dizer, ligava) para ele toda arrasada, toda cheia de culpas e a gente volta (voltava...). Mas daí a duas semanas, três, tudo acontece... acontecia... de novo... outra vez... de novo... Até que ele disse: chega! E era para valer. Nunca pensei que ele fosse fazer isso... Nunca. E quer saber, dane-se. Tô fora!".

Cristóvão

"Quando a gente terminou, ela me disse que eu vivia fazendo cobranças, que nunca estava satisfeito, que era chato à beça. Mentira, nunca cobrei porcaria nenhuma. Mas até é meio que verdade, quer dizer, ela não soube mesmo me dar valor. Nunca que ela vai encontrar um cara que goste tanto dela como eu gostei. Eu era capaz de tudo por ela. Tudo o que eu queria na vida era ela. E um dia ela me disse: 'Tá, mas eu é que não quero um cara que tudo o que queira na vida seja eu... É meio demais, entende? Não dá pra segurar'. Pois é. Depois dessa... Amor? Tô fora!".

Gegê

"Minha história é curta... Logo na primeira vez que eu me apaixonei, me enrolei tanto, fiz tanta lambança (eu nunca entendia o que estava acontecendo com a gente, nem o que dava nela para ir se afastando, se afastando de mim... Daí eu grudava mais nela, e mais ela se afastava, e ia nisso, cada vez mais, cada vez mais, até que ela... sumiu!). Pra resumir, amor é piração. A gente sofre, sofre de querer morrer, e vale a pena isso? Vale? Juro que não vou sofrer tudo isso de novo. Tô fora!".

Noca

"Eu namorava um garoto fazia um tempão, e era legal, juro, bem legal. A gente se dava superbem. Estava tudo perfeito. Quer dizer... daí, apareceu um outro cara que me tirou do sério. Eu tentava fugir dele, me esconder. Bem que tentava! Fiquei de um jeito... Qualquer balada que eu ouvisse no rádio me dava arrepios. Parece febre: morria de frio e de calor ao mesmo tempo. Bem, lá fiquei eu com meus ataques. Daí, o meu namorado me disse uma hora que eu tava naquela de que parecia que queria desmanchar, mas não tinha coragem. O outro cara disse que eu fazia que ia mas não ia. No fim, os dois me largaram, e eu chorei, chorei tanto... Fazer mais o quê? Nada dá certo mesmo pra mim. Quer saber? Amor? Tô fora!".

Um dia, em um *chat* com os seus amigos virtuais, Cristóvão apresentou uma ideia polêmica.

[CRISTÓVÃO]: Tô querendo propor a vocês uma nova comunidade. Com uma tática diferente.

Noc@: Como assim?

Ge.Gê: Pra que isso? O que a gente precisa é da nossa comunidade de antigamente. Mas funcionando como tinha de funcionar, sem invenção.

[CRISTÓVÃO]: Escuta... quer dizer, leia o que eu vou propor, GG.

Noc@: Você quer dizer... uma comunidade com novas regras?

[CRISTÓVÃO]: Mais ou menos. Regras parecidas. Mas, com uma diferença...

**Felipa*: Diz aí tua ideia.*

[CRISTÓVÃO]: Que tal se a gente se encontrasse?

Ge.Gê: Ora, a gente não se encontra todo dia?

[CRISTÓVÃO]: É, virtualmente.

Noc@: Epa!

**Felipa*: O que foi?*

Noc@: Tô desconfiada de que o Ct tá querendo propor uma outra coisa.

[CRISTÓVÃO]: Tô mesmo!

Ge.Gê: Então, diz logo!

[CRISTÓVÃO]: Sei lá se vocês vão gostar da ideia...

Noc@: Só tem um jeito de saber, né?

[CRISTÓVÃO]: Mas vocês vão achar piração.

**Felipa*: Ô, Ct! Se toca, cara! Que bobeira essa sua! Piração sempre foi. Tudo aqui é piração.*

Ge.Gê: Ah, não!!!

Noc@: Desconfiou também, não foi, GG?

Ge.Gê: O Ct tá querendo... que nosso encontro virtual aconteça num espaço não virtual! É isso, não é...?

[CRISTÓVÃO]: ...

**Felipa*: Quer dizer...*

Noc@: Aí, solto no mundo... Nossa!

**Felipa*: Mas daí a gente vai ter de se encarar de verdade? Não, vocês leram meu perfil. Sabem tudo de mim, eu... nunca confessei isso pra ninguém e... Não. Nem pensar!*

Noc@: Nem eu, quer dizer... GG, não vamos ter coragem.

[CRISTÓVÃO]: E se a gente se reunisse para conversar sobre uns livros bem legais? Mas só pode conversar sobre os livros. Proibido falar sobre a gente! A vantagem é que vamos conversar sobre as besteiras da gente mas na pele de outras pessoas...

**Felipa*: Pessoas, não, personagens. Personagens não existem de verdade, e a gente então vai estar conversando sobre quem não é real.

Ge.Gê: Madame Azedinha tinha de criticar!

**Felipa*: Azedinha é o... ☠⚡◎💣!

Ge.Gê: Ui! Tá bem, desculpe!

[CRISTÓVÃO]: E se os personagens e a história forem tão bons que a gente sente como se existissem?

**Felipa*: Hein?

Noc@: Hum...

[CRISTÓVÃO]: Ficou interessada, né?

Noc@: É... Eu gosto de ler. Mas...

[CRISTÓVÃO]: Deixa eu explicar minha ideia direito. Tem uma conhecida minha... Tá, vou dizer logo, é minha irmã. Ela é professora de literatura. Daí, perguntei a ela sobre uns romances que contassem histórias de amor. Mas eu disse logo que não podia ser coisa muito melosa, muito conto de fadas. Que tinha de ter uns lances bem atuais, meio polêmicos, quem sabe, que pudessem ter a ver com os rolos da gente... Quer dizer, eu não disse pra ela quem "a gente" era, mas...

**Felipa*: Ct! Manda logo! Que cara leso!

Ninguém mais da comunidade quis entrar nesse papo, e daí o grupo ficou mesmo só naqueles quatro. Foi até sorte, coincidência, conspiração numerológica, algo assim, porque os tais "romances legais" indicados pela irmã do Cristóvão também eram quatro. Um primo (ou quem sabe irmão) do outro. Ou eram os quatro da mesma tribo.

Enfim...

• 2 •

Amor? Tô fora!

Amor que a dor amortece;
a dor que tece:
amortecido, amornado, amordaçado
amor amorfo.
Amortizado, amortiçado.
Amortalhado.
Amor-mofino-Amor.

Cristóvão descolou na internet, no site de um escritor em que ele comenta seus romances favoritos, um texto que fez circular entre os desamados. Dizia assim:

"Os mais badalados romances de Machado de Assis são os que ele escreveu a partir de 1881. Tem quem diga que esse é o ano da *maioridade* da literatura brasileira, porque foi quando saiu em livro *Memórias póstumas de Brás Cubas*, o romance que marca o início do que costumam chamar de a Segunda Fase de Machado de Assis, querendo dizer, no caso de alguns, a *melhor fase*, e, de outros, quando ele rompe com o romantismo.

"Entretanto, há quem tente demonstrar que existe um

diálogo entre esses romances e os anteriores, uma conversa que para alguns também se estende aos contos tanto do *antes* como do *depois*. Só para constar, o livro de contos de Machado que corresponde à inauguração da tal Segunda Fase (que há quem chame – uma noção muito contestada – de Fase Realista) é *Papéis avulsos*, publicado em 1882.

"Ora, tem também quem diga que essa história de *fases* é uma visão simplista da obra de nosso maior romancista – hoje considerado, aliás, um dos maiores romancistas da literatura mundial. Há quem ache que rola por aí, isso sim, no mínimo uma falta de atenção em relação aos quatro romances que Machado publicou entre 1872 e 1878: *Ressurreição*, *A mão e a luva*, *Helena* e *Iaiá Garcia*.

"Afinal, há um ponto em comum em todos os romances de Machado (e também nas crônicas, nos contos...). Ele é um autor que até hoje se mostra único e genial na reflexão sobre a condição humana: o amor, o desespero, a alegria, a plenitude, a solidão, o ciúme, a raiva... Por que fazemos escolhas que obviamente nos trarão como consequência a dor? Por que nos sabotamos ou nos internamos de propósito numa penosa solidão? Por que por vezes sucumbimos à desesperança, como se nada mais existisse para nós no mundo? Por que temos tanta dificuldade de reconhecer e de assumir quem somos, nossas limitações, nossas dúvidas?

"Em suma, há quem acredite que exista muita coisa ainda por ser desvendada em relação aos primeiros romances de Machado. Muito o que se pensar e refletir, leituras sobre essas obras a serem formuladas, e verdadeiros *elos perdidos* entre esses romances de Machado e os que vieram depois".

Foi mais ou menos desse ponto que os quatro desamados retomaram sua conversa on-line.

***Felipa*: Tá, a gente se encontra de cara limpa e cara a

cara, lê esses romances e conversa sobre eles, que lindinho! E daí? Isso vai adiantar em que nosso lado? Nossa comunidade era para desabafar sobre nossas experiências...

Noc@: ... fracassadas... experiências fracassadas...!

**Felipa*: Tá, bem no alvo! Sobre as besteiras que a gente faz quando tá apaixonado. Daí...?

[CRISTÓVÃO]: ... Daí que esses romances do Machado de Assis são sobre isso também. Mais ou menos.

Noc@: Menos ou mais?

[CRISTÓVÃO]: Mais ou menos mesmo. É que não são só isso. Mas são muito sobre isso... de como gente apaixonada tropeça, escorrega, leva tombo...

Ge.Gê: ... Pira!

[CRISTÓVÃO]: Isso. Então...?

Ge.Gê: Então o quê? Você quer trancar numa casa, isolados do mundo, quatro pessoas que vivem esculhambando a vida quando gostam de alguém. E isso por vários dias e noites. E para ficar conversando sobre o quê? Sobre a coisa que dá rasteira neles e nelas...

**Felipa*: Amor!

Ge.Gê: Essa coisa aí mesmo... Ct! Você ficou doido. Já imaginou a zorra que vai dar?

Noc@: O caso é que na zorra a gente já está. Então? O que a gente tem a perder?

Sem resposta.

• 3 •

O casarão

Um muro alto de pedra, coberto de limo e trepadeiras, na curva da rua, terminando com um portão de ferro, daqueles grandes e rangedores, de portas duplas. E era uma rua movimentada, com trânsito sempre engarrafado, num bairro que a desordem urbana havia transformado em passagem entre diferentes zonas da cidade.

Quem transitasse pela rua não adivinharia que, atravessando o portão, se entrava em outro tempo.

Fosse por causa das árvores, da vegetação, ou do próprio muro, tudo mudava ali dentro. Era subir a rampa de pedra, e logo o barulho da rua – o alarido de cacos de conversações, gritos, chamados, roncos de motores e buzinas – desaparecia. Escutava-se então o roçar de folhas na copa das árvores e cantos de pássaros. O bairro, que já havia sido acolhedor e tranquilo – no tempo em que aqueles quatro romances foram escritos por um ex-morador dessa rua –, era agora abafado, com ar parado, quente... Mas bastava penetrar um pouco mais na chácara e uma brisa surgia lá do alto do morro que fechava os fundos da propriedade. E havia o casarão...

Era uma construção antiga, de dois andares, um sobrado

grande feito de madeira e pedra. Parecia ter estado ali desde sempre – era quase isso; tinha bem mais de um século e por isso alcançara aquela idade que não revela mais quantos anos tem. Havia um pátio lateral e outro nos fundos, e este último na verdade era formado por três platôs, já parcialmente retomados pela mata, mas que deveriam ter sido um belíssimo jardim, quando recebiam cuidados regularmente. Havia a fonte – de onde não jorrava mais água – e o tanque de pedra, no platô mais alto, tocando a encosta do morro. Havia mato crescendo por entre as pedras do piso, e os degraus de pedra entre os platôs estavam falhados e já quase desfeitos.

Também o casarão precisaria de reformas. Não que estivesse abandonado – Roberta viera morar nele, depois que o herdara, e fazia o possível para conservá-lo. No momento, ela lutava para conseguir as licenças que o transformariam num centro cultural, pretendendo promover ali pequenas apresentações, oficinas de leitura, palestras, cursos e saraus. Só que havia sempre uma taxa a pagar por mais um carimbo, ou um selo... concorrendo com infiltrações das paredes, afundamento do telhado, risco de incêndio nas fiações comprometidas... A lista de obras necessárias era tão faminta quanto as exigências das autoridades.

Em suma, havia uma pilha de contas na sua mesa. Cada vez que a olhava, Roberta sentia saudades. De tudo o que vivera, no casarão, no entorno... e de si mesma.

Ela amava aquela sensação de que o passado – toda a história do casarão e de seus moradores – estava ali, pulsando, invisível. Amava aqueles ambientes de pé-direito alto – teto lá em cima, com espaço para ideias e visões se soltarem da cabeça e revoarem. Adorava as portas largas, generosas, o corredor que saía do salão principal, com sua fileira de quartos, e principalmente a ampla biblioteca com as paredes cobertas de estantes repletas de livros (todos também necessitando de conservação), além do mobiliário da casa, peças grandes e pesadas, de madeira escura, com pés em forma de cabeça de animais. Tudo enfim daquele tempo em que o tempo não passava devagar nem depressa: simplesmente não era uma preocupação, não era notado, não pressionava a vida.

Quando criança, seu avô ainda vivia e lia para ela. E Roberta, de olhos arregalados, ficava em transe, sentada em seu colo. Aquela biblioteca lhe parecia um mundo encantado, e toda a sua vida se desenvolvera em torno de livros – era uma pesquisadora, especializada em literatura brasileira, e nesse momento estava envolvida num trabalho que era a tentativa de resgatar contos ainda inéditos, alguns dados como perdidos, de Machado de Assis.

Por todos esses motivos, portanto, foi uma surpresa bem-vinda quando recebeu o e-mail abaixo:

"Dois caras e duas garotas querendo permanecer anônimos, necessitando esconderijo para atividade secreta por uma semana, envolvendo os primeiros romances de Machado de Assis, que todos nós já estamos lendo. Pacote deve incluir hospedagem em quartos separados, refeições e dicas para a discussão dos livros. Pagamento a negociar. Interessada? Para contatos, pode me chamar de Cristóvão".

Daí, animada com a possibilidade de uma grana extra, ela respondeu:

"Se os quatro anônimos arrumarem os próprios quartos, ajudarem na limpeza da casa e na lavação de louças, copos e panelas, ok. Essas condições são inegociáveis. Sobre a comida: saborosa, criativa, bonita nos pratos e, para quem quiser, pode comer até dizer chega. Roberta Rosso".

E a réplica:

"Mas... arrumação... limpeza... lavação... Como assim? Ct".

E a tréplica:

"Água, esponja, detergente, vassouras, panos de pó e mão na massa. Roberta".

E...:

"Mas... mas...??? Ct".

E...:

"!!!! Roberta".

E...:

"Tá... (Caramba!)... Negócio fechado. A seguir, os detalhes da operação...".

• 4 •

O contraste de caracteres

[...] tentei o esboço de uma situação e o contraste de dois caracteres; com esses simples elementos busquei o interesse do livro.
(Machado de Assis, "Advertência", *Ressurreição*, 1872)

– Gente... – começou Roberta, naquele primeiro final de tarde, com os quatro desamados e ela sentados em círculo, sobre almofadas, no centro da biblioteca, preparada especialmente para recebê-los. – Olhem só em volta... Dessas prateleiras estão olhando pra gente, não molhos de papéis mofados, alguns com traças já roendo as páginas... mas assombrações!

Os quatro passaram os olhos pelas estantes. Cada qual a seu jeito. Um mais impressionado com as palavras da anfitriã, outro meio com cara de quem diz que dispensa papo-furado... Mas todos lançaram, pelo menos, um olhar, e tiveram seus pensamentos, por alguns segundos, presos àqueles livros...

– Assombrações! – insistiu Roberta. – Autores ansiosos por saber o quanto conseguiram entrar em nosso íntimo e possuir um pedaço de nossa memória, para ver se serão lembrados anos e anos à frente... Personagens querendo viver fora dos livros, no espírito de seus leitores, e quem sabe roubar um pouco da essência desses espíritos para ganharem vida...? E sabem por que, ou melhor, quando isso acontece? Quando a gente torce por eles, tem raiva deles, sofre com eles... Ou seja, quando lidamos com grandes obras. Com grandes autores. Machado de Assis é um desses. Seus personagens e suas histórias têm espírito.

Mais uma pausa, e Roberta olhando tão cravado nos olhos de cada um que parecia uma aranha, avaliando as vítimas que se debatiam em sua teia.

– Algum de vocês achou que eram histórias antigas? Que não podem mais acontecer nos tempos de hoje? Podem sim. Acontecem conosco. Sabem disso, que acontecem com vocês mesmos. Nesses romances que vocês escolheram, vamos passar por sentimentos que desde sempre foram aquilo que move o ser humano. Sentimentos que a gente ainda vai encontrar dentro de nós e vagando aí pela vida. Que sempre vão estar... nos assombrando! A esperança da felicidade, o amor, a frustração, o ressentimento, o ciúme, esquisitices da criatura humana sobre o amor que mais parecem uma maçaroca de nós-cegos... Está tudo vivo nesses romances... está tudo aí nessas prateleiras, nos espreitando. A melhor literatura é sempre uma experiência de vida. E fala de coisas do ser humano que nunca se tornam *passado*. É por isso que transformam a gente. E é isso que essas assombrações querem de nós! Querem nos possuir e mudar nossas vidas porque só assim serão transportadas para nosso lado, só assim conseguirão escapar lá desse outro mundo. E olha... isso acontece! Tenho certeza de que vocês vão ver acontecer, nas próximas noites. Uma coisa posso garantir: não é à toa que Machado de Assis tem o apelido de

Bruxo... o Bruxo da nossa literatura! Quem sabe já fazia bruxarias desde seus primeiros romances?

Então Roberta deixou passar alguns segundos, em silêncio, e prosseguiu:

– Para discutir o *Ressurreição*, podemos seguir a dica que o próprio Machado deu. Daí, vamos precisar definir quem são esses personagens, ou seja, o caráter deles, e qual é a situação em que são colocados.

– E o rolo é um só... – suspirou Felipa – amor que vira pesadelo! A história de sempre, né?

O encontro havia sido marcado para as 3 horas, mas nenhum deles fora muito pontual. Depois de Cristóvão, o primeiro a apertar a campainha, um a um os demais foram chegando. Eram acompanhados para seus quartos por Roberta, que seguia rigorosamente as instruções que havia recebido. Estava achando todo aquele ritual muito engraçado.

Às cinco da tarde já estavam todos na casa e era a hora combinada para se reunirem na biblioteca. E se Roberta estava se divertindo até ali, a entrada na biblioteca superou tudo. O primeiro a entrar foi Gegê, que surgiu na porta da biblioteca e depois, sem olhar para Roberta, foi direto para as almofadas e se afundou nelas como se fossem areia movediça. Depois, chegaram, quase juntas, Noca e Felipa, de cabeça baixa, sem se olharem e muito sem jeito. Deram *oi!* para Gegê, e só depois uma para a outra, e ficaram os três se examinando – não muito discretamente –, tentando adivinhar quem era quem. Às vezes, um deles desviava o olhar, quase como se fugisse dali. Logo veio Cristóvão para completar o grupo. E só então, sempre seguindo as instruções, Roberta pediu que se apresentassem, com seus codinomes.

Todos repetiram a fórmula *Podem me chamar de...*, e agora pareciam ainda mais constrangidos.

Roberta sabia pouca coisa sobre aquele grupo. Não sabia, por exemplo, que Cristóvão era praticamente seu vizinho, e que tivera a ideia de lhe fazer a oferta, pelo uso do casarão, por causa das conversas que ouvira sobre ela pela rua, que estaria precisando de dinheiro e que havia muitos quartos e espaços disponíveis ali. Principalmente, ela não sabia nada sobre a comunidade na internet e as confidências que aqueles quatro haviam trocado nos últimos meses, protegidos pela identidade virtual – e justamente sobre besteiras amorosas. Nem poderia desconfiar que aqueles olhares entrecortados eram resultado de todo o embaraço que sentiam, agora que se viam, frente a frente, pela primeira vez. Ali, todos eram donos dos segredos de todos.

Por isso, cada desamado estava se sentindo o pior, o mais atrapalhado, o mais leso do mundo em questões amorosas. E achando que cada um dos demais, agora encaixando na figura ao vivo todas as histórias que conheciam dele ou dela, só podia estar pensando: "Puxa, não é que tem mesmo cara de otário?".

Portanto, Roberta não sabia nada das regras, da proibição de nomes reais e de revelações sobre a *vida-não-on-line* e, principalmente, da interdição a namoros, ficações, pegações e tudo o mais do gênero.

"Essa regra nem precisava... Que bando esquisito!", disse consigo um.

"Nem pensar!", falou outro para si mesmo.

"Argh!", resmungou mudamente o terceiro.

"Até parece!", disse para dentro o último, fazendo muxoxo e dando de ombros.

E mesmo assim não paravam de se olhar, cada vez mais curiosos.

– Bem... – começou Noca, com voz espremida demais

para o seu próprio gosto. – Tem essa citação do Shakespeare aí, na “Advertência”... Meio sinistra, né? Mas também pode ser besteira minha, pode não importar nada, mas é que… é que...

Our doubts are traitors,
And make us lose the good we oft might win,
By fearing to attempt.

– Garota, se tocou você, claro que importa – disse Roberta. – Aliás, é uma citação famosa. Da peça *Medida por medida*. Você tentou traduzir?

Ajudados por Roberta, chegaram à seguinte tradução:

Nossas dúvidas são traiçoeiras,
E nos fazem perder o que de bom poderíamos obter,
Por medo de tentar.

– Ah, que isso tem a ver? – cortou Gegê, impaciente.

Noca precisou respirar fundo e tomar coragem para responder:

– Mas eu acho... que tem, sim... Para mim é muito esse sujeito, o Félix. A confusão que vem depois... quase consequência desse medo de sei lá o quê... de tentar ser feliz, de apostar nisso, podendo ganhar... ou se arrebentar todo. Olha só como ele começa na história:

> *Félix entrava então nos seus trinta e seis anos, idade em que muitos já são pais de família, e alguns homens de Estado. Aquele era apenas um rapaz vadio e desambicioso. [...] caiu-lhe nas mãos uma inesperada herança, que o levantou da pobreza. [...]*
>
> *Félix conhecera o trabalho no tempo em que precisa-*

va dele para viver; mas desde que alcançou os meios de não pensar no dia seguinte, entregou-se corpo e alma à serenidade do repouso.

– Daí, a seguir – prosseguiu Noca, mais segura –, o tal Viana chega na casa do Félix. São amigos, e Viana começa a falar que tem uma irmã, jovem viúva, Lívia, muito bonita e interessada nesse "rapaz vadio e desambicioso"...

– [...] Lívia tem esse defeito capital: é romanesca. Traz a cabeça cheia de caraminholas, fruto naturalmente da solidão em que viveu nestes dois anos e dos livros que há de ter lido. Faz pena porque é boa alma. [...] Era bonita quando o senhor a viu; hoje está fascinante. Há ocasiões em que eu sinto ser irmão dela; tenho ímpetos de a adorar de joelhos. Com franqueza, assusta-me.

– E, quando o Viana sai, Félix promete ir à noite a um baile, em que a Lívia vai estar, e fica lá, cismado, pensando...

"Que mulher será essa, perguntou a si mesmo, tão bela que mete medo, tão fantasiosa que causa lástima?"

– E tão cismado ele ficou – emendou Felipa, meio que já sentindo raiva do personagem – que saiu dali para dar o fora na garota com quem ele estava andando, a Cecília. E fez isso de um jeito que... se fosse comigo, juro que matava.

– Cecília, disse o doutor deitando fora o charuto apenas encetado, eu tenho a infelicidade de não compreender a felicidade. Sou um coração defeituoso, um espírito vesgo, uma alma insípida, incapaz de fidelidade, inca-

paz de constância. O amor para mim é o idílio de um semestre, um curto episódio sem chamas nem lágrimas. Há seis meses que nos amamos; por que perderás tu o dia em que começa o ano novo, se podes também começar uma vida nova? [...] Não fiques abatida; o que faço agora não é novidade; ouviste-me dizer muita vez que a nossa afeição era um capítulo curto. Rias então de mim; fazias mal, porque era alimentar uma esperança vã.

– Isso também diz um bocado pra gente sobre quem é esse Félix... – disse lentamente Noca, sem tirar os olhos do livro. – Ele está debochando dela... Vocês não acham?

– Claro que está – reclamou Felipa indignada. – E ela aceita, a boba! Não berra com ele, não xinga! Ai, que ódio! Devia é mandar ele se danar. Fica só nessa de chorar? E até disso ele vai debochar. Mais tarde ele encontra um amigo que pergunta se a Cecília chorou, e daí o Félix responde: "O choro pertence ao cerimonial da separação. Era indispensável".

– Ele se acha o máximo... – disparou Cristóvão. – Se garante enquanto pensa que está por cima, e sai fora antes que a coisa fique séria... Amor semestral... amor nenhum, isso sim. Vai ver ficou com a Cecília justamente porque com ela não corria perigo de se apaixonar.

– Daí, entra a Lívia em cena... – emendou Felipa – e, logo de cara, na festa, chamam ela de "rainha da noite"...

Lívia tinha efetivamente um ar de rainha, uma natural majestade, que não era rigidez convencional e afetada, mas uma grandeza involuntária e sua. A impressão de Félix foi boa e má; achou-lhe uma beleza deslumbrante, mas pareceu-lhe ver através daquele rosto senhoril uma alma altiva e desdenhosa.

– Será a rainha da noite, disse ele voltando-se para Raquel; mas não serei eu quem lhe faça a corte.

– Por quê?

– Parece-me orgulhosa; há de tratar a todos como vassalos seus.

– E mais... – insistiu Cristóvão.

– Peraí, olha só ela – cortou Felipa.

Félix aproximou-se.

– Não sei se se lembra de mim? perguntou ele.

– O Doutor Félix? Perfeitamente: foi-me apresentado há muito tempo, mas eu tenho boa memória. Demais, só se esquecem as pessoas vulgares. [...] Meu irmão é muito seu amigo, disse Lívia acomodando as ondas de seda do vestido. Fala-me muito do senhor.

– É muito meu amigo, repetiu Félix, fazendo interiormente uma careta.

– Não admira, observou ela; o senhor merece ser estimado.

– Gostei – entusiasmou-se Felipa. – A Lívia não joga na retranca. Dá em cima. Nessa, deve ter feito o Félix tremer todo por dentro... Dá-lhe, garota!

Cristóvão virou-se para ela e, um fitando o outro, ambos, de repente e ao mesmo tempo, soltaram uma risadinha curta e envergonhada.

Félix voltou à sala quando se dançavam os últimos passos da quadrilha. Lívia estava esplêndida de graça e elegância. Nenhuma afetação nem acanhamento; seus movimentos eram a um tempo desembaraçados e modestos. [...]

Lívia representava ter vinte e quatro anos. Era extremamente formosa; mas o que lhe realçava a beleza era um sentimento de modesta consciência que ela tinha de suas graças, uma coisa semelhante à tranquilidade da força. [...]

Sentia-se que ela olhava com o espírito.

– Tá perdido! – comemorou Felipa.

– Bom, está aí o que o Machado montou... – destacou Roberta, juntando as mãos. – Dois personagens com caráter bem contrastante são colocados numa situação em que se sentem atraídos um pelo outro...

– E mais... – arriscou Noca. – Ela é muito mais... muito mais que ele, quer dizer... muito mais...

– Também acho – cortou Felipa. – Muito mais segura! Mais decidida! Esse Félix... Xôôô com ele! É um criançāo mimado, sempre foi! Um criançāo egoísta. E olha que o cara é médico, um sujeito instruído... Vai ver todo homem naquela época era criançāo egoísta.

– Cuidado com a generalização... – alertou Roberta. – No máximo você pode dizer que o Machado de Assis escolheu para seu protagonista um personagem que ele achava muito típico do homem, em seu tempo, em sua cultura...

– Mandão! Dono do pedaço só porque é *O Homem*! Úúúúú, vaias pra ele! – protestou Felipa.

– Bem... – riu-se Roberta. E a seguir provocou: – Mas já se perguntaram como é que a Lívia não percebe isso logo? Por que ela vai se apaixonar pelo Félix?

– Porque... – experimentou Cristóvão – amor não tem porquê...?

– Essa foi ótima! – aplaudiu Roberta. – Concordo que por aí é um caminho rico à beça.

– Ou porque naquele tempo a história tinha de ser *romântica...* – disse Noca. – E ser romântico é não aceitar que amor tem... também um pouco de razão... de escolha...? Quer dizer... as histórias de amor tinham de ser assim, tipo amor tudo ou nada, né? Entrar de cabeça, sem pensar... e sair decapitado! Senão, não era amor.

– Boa também... – disse Roberta. – A Lívia é uma personagem um bocado complexa, que a gente vai ter de discutir melhor mais tarde. É uma heroína romântica, sem dúvida, mas também uma crítica ao ideal de heroína romântica. Existem várias opiniões diferentes sobre ela. Aliás, o Machado tem uma galeria bastante variada de personagens femininas. Nesses quatro romances, a gente vai ver a Lívia, a Guiomar, a Helena, a Estela, a Iaiá Garcia, e outras, cada qual com seu coração. Com seu espírito. E são justamente essas composições de personagens de Machado, que fogem ao tipo, ao lugar-comum, ao simples e plano, que dão a elas essa vida... essa vitalidade ficcional... que as fazem nos tocar, como se fossem conhecidas, ou amigas.

– Peraí, Roberta – pediu Noca. – Dá pra gente voltar um pouco? Li na internet que todo mundo acha que o principal nessa história aqui é o ciúme.

– Cuidado com a internet! – alertou Roberta. – Na rede tem muita gente que escreve qualquer coisa. Sites muito confiáveis não têm na aparência nada de diferente de outros, com erros e uma empulhação de chutes, e até frases atribuídas a escritores famosos, que nunca as escreveram... A gente tem de ter o maior cuidado. Além disso, a internet adora resumos, e não tem resumo mais simples do que dizer: *essa obra é sobre isto*, ou *este é o tema central dessa obra*. Ora! Tudo depende da leitura que a gente cria. E de como a gente sente a obra... É cada um de nós, ao ler, que fixa o tema da obra, e cada pessoa pode fazer uma leitura diferente, influenciada pelo que já leu, pela sua história e momento de vida... Ou seja, pelas suas impressões de leitura.

Gegê bufou, interrompendo Roberta, e soltou um protesto impaciente:

– Mas que enrolação! Quando a gente tem de responder na prova, é *certo* ou *errado*, é *a*, *b*, *c*, *d* ou *e*.

– Só que aqui ninguém tá fazendo prova – argumentou Roberta. – Então a gente pode ler melhor, entrar mais no livro e deixar ele entrar mais na gente também... Olha, se a gente quiser explorar uma leitura que destaque o desequilíbrio... digamos... de amadurecimento entre Lívia e Félix, não é à toa o que vai acontecer depois. Não é à toa que ele vai se sentir inseguro com ela... Mas tudo seria consequência do que anunciou Machado, na "Advertência"... do "contraste de dois caracteres". O que vocês acham?

– É que... – arriscou a garota, num tom de voz que quase não deu para se ouvir, e com as faces muito vermelhas. No entanto, um segundo depois ergueu os olhos e acrescentou: – E pode ser também que o Félix se sinta ameaçado por outra coisa? Por medo de se prender, de acabar essa de amor de brincadeira, de amor para ele poder ser tão... tão... "semestral"...?

– É... sim... pode ser também, por que não? – reforçou Roberta, sorrindo largamente da criatividade com que a garota usara a expressão tirada do livro. – É só a gente trabalhar nessas interpretações. Ir fundo! Interpretação não tem certo nem errado. É sempre uma recriação da obra. Não é muito mais interessante pensar assim do que achar que a gente tem de adivinhar algo que está escondido no texto, uma interpretação que já vive lá, desde sempre e para sempre, talvez camuflada pelo autor... como se ler fosse o trabalho de desencavar uma ossada enterrada? É nessa de recriar a obra que a gente... – Roberta sorriu pelo puro prazer que lhe dava dizer isso – vira dono da história!

Noca soltou um assovio, franzindo o cenho, sem dizer nada. Felipa estava de olhos arregalados, um tanto desconfiada e igualmente muda, pensando. Roberta prosseguiu:

– Mas, guardem bem o que vocês estão dizendo... Vai ser importante mais à frente nesse romance e quando a gente comparar esse livro com o próximo... *A mão e a luva*. Vamos adiante com nossos dois apaixonados? Tem muita coisa para rolar ainda sobre o Félix e a Lívia.

– Isso vai dar a maior encrenca! – sussurrou Cristóvão, e foi a vez de Felipa sorrir. De novo, os dois se fitaram, e de novo logo desviaram os rostos, disfarçando.

Até porque Gegê lhes lançou um olhar recriminador e cheio de suspeitas.

• 5 •

As cobaias

Pausa para o lanche.

Na mesa, uma bandeja de pão de queijo, acompanhados de manteiga fresca e suco de manga feito na hora. O suco estava uma delícia, os pães de queijo também. Mas o *tchan* do intervalo foram mesmo os sanduichinhos...

Ciabatas fresquinhas, com casca crocante e miolo macio. Havia sanduíches de vários tipos. Num deles, por dentro, um molho de iogurte, azeite, sal e alho-poró picado, fatias de presunto, também bem fresquinho, lascas de chalotinhas passadas na manteiga clarificada com *curry*, e de queijo emental. Havia ainda sanduíches de patê de fígado de galinha caseiro e de pasta grega de berinjela.

Os sanduichinhos eram receitas especialmente criadas para a *operação*, por Roberta, que também era apaixonada por gastronomia.

Os quatro desamados se atiraram à comida como se a fome deles não fosse nem de amor nem de literatura.

Sorrindo, Roberta observava a cena e de repente teve uma ideia. Pegou um bloquinho, um lápis (adorava escrever a lápis) e começou a tomar notas, quando Gegê perguntou:

– Ué! O que você está escrevendo aí?
– Estou registrando o resultado das *experiências*...
– Com o lanche...?
– Isso mesmo.
– Quer dizer... que somos suas cobaias?

Roberta empinou o nariz para ele e sorriu, desafiadora:

– Quero ver você reclamar depois de experimentar a lasanha que vou servir no jantar!

Gegê abriu a boca para protestar, mas seus olhos resvalaram no sanduíche que tinha nas mãos, sua boca se lembrou do sabor que ele havia acabado de provar, nas primeiras mordidas... e foi com prazer que ele desistiu da polêmica, abocanhou o sanduíche e foi pegar mais um, antes que os outros desamados liquidassem com tudo.

• 6 •

É mãe!

Félix olhava para ela e não ousava romper o silêncio. Quase a soltar dos lábios a palavra decisiva, a si mesmo perguntava se ela não iria pesar no seu destino mais do que imaginava então, e se daquele capricho de momento não resultaria o mal de toda a sua vida. Mas a hesitação foi curta [...].

– [...] amo-a [disse Félix, "com calor"], e seria impossível negá-lo, porque a minha voz e o meu rosto hão de tê-lo dito melhor do que as minhas palavras. Não percebe isso há muito tempo? Não adivinhou já que a esperança do seu amor é para mim toda a felicidade de amanhã? Diga! diga uma palavra só, cruel ou benévola, mas uma e definitiva.

Lívia escutara-o enlevada, e a sua resposta foi mais eloquente que a declaração do doutor; estendeu-lhe a mão trêmula e fria, e embebeu nos olhos dele um longo olhar de agradecimento e felicidade.

– Ama-me também? perguntou Félix depois de alguns minutos de muda contemplação.

[...]

– Muito! repetiu Lívia, como se essa palavra fosse ape-

nas um eco do seu pensamento ou uma resposta à muda interrogação dos olhos do médico.

Félix passou-lhe o braço à roda da cintura e puxou-a docemente para si; depois segurou-lhe a cabeça entre as mãos, e inclinou os lábios para lhe imprimir um beijo na fronte. Deteve-o um rumor estranho, uma voz infantil e desconhecida.

Instantes depois apareceu no terraço um menino de cinco anos, criança gentil e esperta, rosada e gorda, como os anjos e os cupidos que a arte nos representa em seus painéis.

– Mamãe! mamãe! gritava o pequeno, correndo a abraçar-se com a mãe e fugindo à mucama que vinha atrás dele.

Lívia recebeu a criança nos braços, beijou-a e pô-la ao colo.

– Apresento-lhe meu filho, disse ao médico [...].

Luís deitou a correr seguido pela mucama. A mãe acompanhou-o com os olhos até vê-lo desaparecer do terraço.

Durante esta cena, Félix parecera completamente estranho a tudo que o rodeava. Não ouvia as repreensões da moça, nem a tagarelice da criança; ouvia-se a si mesmo. Contemplava aquele quadro com deleitosa inveja, e sentia pungir-lhe um remorso.

"É mãe", repetia o moço consigo; "é mãe!"

[...]

– Vê? disse ela; a pouco se reduz a minha felicidade: o senhor e aquela criança.

Dizendo isto, deixou pender a fronte; Félix beijou-a ardentemente, mas não pôde dizer nada. A comoção embargou-lhe a voz; a reflexão impôs-lhe silêncio.

– Esse cara é um cretino! – resmungou Felipa.

– E a Lívia está entrando nessa que nem bode cego! – protestou Gegê. – Logo a gente vê que na época era proibido o apaixonado se proteger. Ela vai ver só. Que idiotice!

Os desamados restantes voltaram-se para ele... As faces de Gegê arderam, e ele teve de fazer força para não deixar a raiva escapar do peito. Na hora, a imagem que pipocou em sua mente foi a de um dragão expelindo seu bafo chamejante... e transformando em churrasco todos à sua volta, se possível.

– Puxa... – balbuciou Noca – será que é isso mesmo que eu tô entendendo? Ele se choca porque ela é mãe...

A garota balançou a cabeça, reprovadoramente.

– Porque é mãe... – disse Cristóvão – porque não é uma garotinha boba...

– Porque é uma mulher... que sabe o que quer... – reforçou Felipa, e mais uma vez ela e Cristóvão trocaram um olhar – e aperta ele, com jeitinho, com classe, mas não deixa ele correr nem fazer como se o lance deles fosse brincadeirinha.

– Gente! – exclamou Noca, com tanta indignação, que foi mais uma surpresa para o grupo. – Parem de enrolar! É porque ela é mãe, sim. O cara ficou chocado de ver a realidade bem na cara dele. Ele viu o filho dela, escutou ele chamar a Lívia de mãe... Foi um choque pra ele! Com ela, o Félix não pode se fingir de criançāo, porque ela tem uma criança *de verdade*... Um filho de quem ele vai ter de ser *pai*, se quiser ficar com a Lívia... Olha o pavor dele!

– Na minha opinião – sorriu satisfeita Roberta –, essa foi bem no alvo! Estão sentindo o *contraste*... se radicalizando aos poucos? Quer dizer, Félix e Lívia se encontraram, se apaixonaram, sem conhecer direito um ao outro, e na medida em que vão se descobrindo, a trama fica mais complexa. Mais tensões se anunciam... Tudo isso é técnica do ofício de escritor. Esse Machado sabe ou não sabe contar uma história e ir envolvendo seu leitor?

Silêncio risonho geral, que queria dizer aprovação unânime.

– E daqui a pouco vão surgir outras complicações... – provocou Roberta.

– Xiiiiii! – deixou escapar Felipa. – Só quero ver esse Félix se danar bastante no final.

– Você acha... – ponderou Noca, numa voz arrastada, já dolorida – que tinha chance de isso acontecer sem a Lívia se machucar junto?

Ou Felipa não soube, ou não quis responder. Mas baixou os olhos, pensando na vida.

– Felipa – disse Cristóvão, depois de instantes –, olha só esse capítulo... "Queda"... Bem que você disse que o Félix não ia demorar a aprontar...

– É – respondeu a garota, revirando os lábios. – Esse Félix é um horror de namorado!

– Torcedor sempre exagera – disse Gegê, provocando a garota. Recebeu logo uma careta de Felipa.

> *O desenlace desta situação desigual entre um homem frio e uma mulher apaixonada parece que devera ser a queda da mulher: foi a queda do homem. [...]*
>
> *[...] o coração de Félix, que aparentava ser de mármore, era simplesmente da nossa comum argila. [...]*
>
> *[...] Com uma mulher que apenas tivesse a soma de afeto necessária para dissimular o erro, o nosso herói ficaria na altura da reputação; mas o amor da viúva era um verdadeiro combate. Quando Félix chegou a encarar-lhe o coração, sentiu a fascinação do abismo, e caiu nele.*
>
> *Esta queda, como disse, foi lenta; o médico começou a*

sentir que a presença da moça era para ele uma necessidade. Pesavam-lhe as ausências mais longas, e, o que era mais, vinham suavizar-lhes umas saudades, que ele definia por outro modo, mas que, em suma, eram saudades. Quando a ia ver, e à proporção que se aproximava dela, sentia bater-lhe alguma coisa dentro do peito; o médico dizia que era o sangue ainda juvenil e irrequieto. Seria uma razão fisiológica; mas havia também uma razão moral; era a lava da paixão que se ia formando e subindo até romper a garganta do vulcão. Longa foi a gestação do amor; mas quando o médico descobriu o estado de sua alma, não era centelha que se pudesse abafar, mas incêndio que lavrava e consumia tudo.

[...]

Um potro arisco e selvagem, quando a mão do homem lhe põe o freio pela primeira vez, não se irrita mais do que o nosso herói no dia em que sentiu violada a liberdade do seu coração. Cólera singular e insensata, mas amarga e sincera. Planejou desde logo uma separação violenta, que lhe desse tempo e armas para vencer-se a si próprio. A execução seguiu de perto a ideia; e o médico cessou repentinamente as suas visitas a Catumbi.

– Como é que é? – Felipa quase saltou da cadeira. – Ele planejou "uma separação violenta"... e logo depois some? Quer dizer, o cara no que se percebe apaixonado entra em pânico e foge?

[...] sentia, as saudades, as recordações, os desejos, a voz misteriosa e constante que lhe sussurrava aos ouvidos o nome de Lívia.

Demais, a bela viúva escreveu-lhe. Félix, como um ver-

dadeiro namorado, jurara não abrir as cartas que ela lhe mandasse, e correu à porta para receber a primeira. Não era carta de recriminações, mas de surpresa e de lágrimas. Quando veio segunda carta, já o médico sabia a outra de cor. A segunda era a última, dizia Lívia; eram já recriminações, mas não contra ele, nem contra o destino; eram recriminações contra si mesma. A melancólica resignação da moça comoveu o médico; no fim de uma semana estava aos pés dela fazendo ato de sincera contrição.

Lívia perdoou-lhe as lágrimas choradas durante aqueles oito dias de angustiosa incerteza. Perdoou-lhas como sabem perdoar as almas verdadeiramente boas, – sem ressentimento. Mas a causa da ausência não a explicou Félix.

– Não me perdoou já? disse o médico, quando ela lhe fez uma pergunta direta a este respeito. Isso basta; não queira saber a razão desta singular loucura, que me levou tão longe do único lugar em que me é possível a felicidade. Para minha expiação basta o que sofri também nestes oito dias e a vergonha de ter...

Calou-se; receava dizer tudo. A moça ouviu aquelas palavras com manifesta satisfação, e murmurou:

– Ciúmes?

Félix estremeceu. Uma sombra ligeira pareceu toldar-lhe os olhos. Lívia inclinou para ele o rosto como querendo ler-lhe na fisionomia a verdade que ele forcejava por esconder.

– Não, disse Félix, não foram ciúmes. Ciúmes de que e de quem?

[...]

– Tudo lhe perdoarei, contanto que me ame, disse a moça.

Compreenderia ela então que dolorosa e pesada obri-

gação contraíra? Talvez não. Confiava em si mesma, no prestígio do seu amor, no coração de Félix, para vencer tudo, e realizar o que era o sonho da sua vida.

[...]

Foi então que começou para ela uma vida de luta.

– O que eu tô achando estranhos demais – experimentou Noca – são os comentários sobre esse romance na internet. Eu falei, não foi? Lá a gente lê que a história do Félix e da Lívia é toda sobre ciúmes. Dele, do Félix... Bem, acho que a confusão foi dele, sim, mas... que o ciúme vem depois... e vem porque ele se sentiu ameaçado... porque decidiu, lá nessa cabeça de caca de lagarto dele, acabar com o caso dos dois... Pode ser isso, Roberta?

– Só pode... Mas tem lá sua razão também quem acha que *Ressurreição* tem como tema central o ciúme. Tudo depende do ponto de vista pelo qual se lê o livro. E, indo por aí, tem mais razão ainda quem lembra que, já em seu primeiro romance, Machado ia focar o mesmo tema que é um dos principais de *Dom Casmurro*, um dos romances da chamada Segunda Fase. Olha só um *elo perdido*... É para a gente ver que há pontes entre esses dois momentos do escritor, que não são tão separados assim... Só que lá também é possível fazer uma leitura que comece não pelo ciúme, mas pela insegurança do Bentinho em relação a Capitu, o casal de *Dom Casmurro*. Assim...

– Quer dizer... – insistiu Felipa. – O cara se sente ameaçado, daí inventa motivo para ter ciúme e por causa disso um namoro legal vai pro espaço? Mas isso é sabotagem! Não dá pra acreditar.

– Por que não, *Felipa*? – disparou Gegê, carregando o mais que pôde no nome da garota. E novamente Felipa baixou os olhos... pensando na vida...

• 7 •

Amargo amor

O amor de Félix era um gosto amargo, travado de dúvidas e suspeitas.

– Esse cara é um safado dissimulado... – grunhiu Cristóvão, tentando atrair, em vão, a atenção de Felipa. A garota havia se tornado melancólica de repente.

– É... – comentou ela, sem desviar os olhos do seu livro – Mas olha só a Lívia... Não sei...

> *[...] Melindroso lhe chamara ela, e com razão; a mais leve folha de rosa o magoava. Um sorriso, um olhar, um gesto, qualquer coisa bastava para lhe turbar o espírito. O próprio pensamento da moça não escapava às suas suspeitas: se alguma vez lhe descobria no olhar a atonia da reflexão, entrava a conjeturar as causas dela, recordava um gesto da véspera, um olhar mal explicado, uma frase obscura e ambígua, e tudo isto se amalgamava no ânimo do pobre namorado, e de tudo isto brotava, autêntica e luminosa, a perfídia da moça.*
>
> *Lívia preferia decerto uma confiança honesta e leal,*

mas a desconfiança estava longe de lhe amargurar o coração, aceitava-a com alegria.

– Antes isto, dizia-lhe depois de uma reconciliação; vejo que me ama. A confiança também se parece com a indiferença, e a indiferença é o pior de todos os males.

– Não acredito... – murmurou Noca. – Ela está fazendo a maior força para ficar contente com a situação.

[...] Lívia começou a fugir dos lugares que até então frequentava habitualmente. [...]

[...]

De que lhe servia a ela a máxima prudência nas suas relações com as demais pessoas, se tudo era pouco para obter a confiança de Félix? Uma hora de inalterável felicidade era comprada à custa de muitas horas de tédio, às vezes de lágrimas.

– E agora – anunciou Roberta –, vai entrar em cena o Luís Batista, um sujeito casado, sem escrúpulos, que começa a cercar a Lívia...

Esta situação pôde esconder-se aos olhos de todos, menos aos de Luís Batista. Observador e perspicaz, e ao mesmo tempo sem paixões nem escrúpulos, percebeu este que quanto mais o amor de Félix se tornasse suspeitoso e tirânico, tanto mais perderia terreno no coração da viúva [...]

Para alcançar este resultado, era mister multiplicar as suspeitas do médico, cavar-lhe fundamente no coração a ferida do ciúme, torná-lo em suma instrumento de sua própria ruína. [...]

[...] Era-lhe necessário afetar com a moça uma intimi-

dade misteriosa, mas discreta, sem aparato, antes cercada de infinitas cautelas, tão hábil que ela não percebesse, mas tão claramente dissimulada que fosse direito ao coração de Félix.

[...]

Desta vez assentou Félix numa resolução heroica: romper o encanto que o prendia à bela viúva. Tinham já passado alguns meses, todos eles assim entremeados de felicidade e amargura. Cem vezes se convencera das suas injustiças; mas a cada suspeita nova ressurgiam as anteriores, as que ela perdoara, e a última confirmava então as primeiras, e o pobre rapaz achava-se sinceramente ludibriado e ridículo.

Escreveu uma carta longa e violenta, em que acusava a moça de perfídia e dissimulação. Havia amargura na carta, mas havia também ódio e desprezo, tudo quanto podia ferir para sempre um coração que até ali soubera amar e sofrer, mas que enfim podia cansar e desprezar.

Enviada a carta, deixou-se ele entregue à sua dor, disposto a não voltar a Catumbi. [...]

[...]

Daí a pouco entrou um escravo dizendo que uma pessoa insistia em falar-lhe: era uma senhora.

– Uma senhora! repetiu Félix.

Era Lívia. Quando Félix chegou à sala, estava ela à porta, com o rosto coberto por um véu que arregaçou imediatamente. Félix não pôde reter um grito de surpresa.

[...]

– Não esperava a minha visita? disse ela com tranquilidade. [...] Eu já não sei, já não tenho palavras com que lhe restitua a confiança ao coração. Esta ousadia talvez...

[...]

– Fui talvez cruel no que lhe escrevi, disse ele, e quero crer que fosse também injusto, mas amo-a, é todo o meu crime...

Lívia suspirou.

– Não o amo eu também? disse ela. Nem por isso sou cruel ou injusta. Mas não o acuso; se o acusasse não viria aqui. Venho porque sei que padece e a despeito de tudo devia vir. [...] Eu sou assim. Vejo no mundo o meu amor e a sua felicidade; tudo o mais me é estranho ou nulo.

[...]

– Oh! para isso basta uma coisa, disse Félix com impetuosidade. Jura-me que nenhuma razão havia para suspeitar?

[...]

[...] – Jurar-lhe! De que serve um juramento mais entre nós?

[...]

– Perdoe-me tudo, disse Félix; ainda uma vez lhe peço perdão. [...] Não sou mau; falta-me confiança. [...] Perdoa-me?

– Sim! disse ela.

E pela primeira vez nessa noite era a sua voz terna e amorosa como de costume.

Noca ensaiou três vezes, até conseguir desembuchar:

– Será que alguém mais vê como eu...? Tô começando a me incomodar com essa vocação de... mártir... bem, quer dizer, a palavra é meio pesada, vai ver não é nada disso, mas... Por que essa moça acha que tem de sofrer?

– Ora... – cortou Roberta – Machado vai ter várias mártires em seus romances e contos, mesmo os de depois de

1881... Algumas delas chegam a *morrer de amor*, como muitas heroínas do romantismo. A Flora, de *Esaú e Jacó*, praticamente se martiriza porque não consegue decidir qual dos gêmeos ama. É uma *personagem romântica*, num romance de 1908. Machado não tinha preconceitos contra combinar aspectos de diferentes escolas literárias, até mesmo porque... palpite meu... essa história de martírio em seus personagens é dessas que não aparecem somente como uma característica de época, mas principalmente como traço de temperamento. Mais ou menos como se ele dissesse que alguém pode ter temperamento ou caráter romântico sem estar envolvido pelo romantismo... ou ser realista, mesmo no amor, ser pragmático, atento ao mundo como o mundo é (ou pelo menos como acredita que seja)... Tudo pão, pão, queijo, queijo, sem grandes dilemas nem idolatrando sofrimentos... E isso sem ser um personagem do realismo, ou do naturalismo. Então, Noca, se você está falando da Lívia e de como ela é, vocação para mártir é uma maneira muito apropriada de defini-la.

– Mas é daí que tudo desanda, né? – arriscou Noca. E Cristóvão complementou:

– Já entendi! Que dupla! Um inseguro, que fica sempre necessitado de provas de amor e de reforço para ganhar coragem de amar, e uma mártir, que não dá um basta, nem põe limites no cara, que compreende sempre, aguenta tudo e perdoa qualquer desaforo... É uma bobona também essa... essa...

– Ei, pega leve, tá? – protestou Felipa. – Senão vai me obrigar a dizer uma coisa bem batida, supergasta, tipo... *atire a primeira pedra quem for inocente*... conhece?

Cristóvão corou.

– Puxa – exclamou Noca. – Esse é o contraste de dois caracteres armado pelo Machadão? Quer dizer... a loucura de um alimentando a do outro?

– Pode ser, sim... – encorajou Roberta. – Daí, a escolha cabe ao leitor... Preferimos ver o Félix corroído de ciúmes? Ou o homem inseguro, que não tem capacidade de lidar com uma mulher amadurecida e que sabe o que quer? Ou o sabotador, que se apavora diante do amor que sente? E Félix pode ainda ser tudo isso junto... A própria Lívia, dependendo de como a olhamos, ou é uma mulher com uma peculiar vocação para o martírio, ou uma heroína apaixonada diante de um homem que não a merece? Vejam, então, não temos aqui um narrador tão refinado, tão dotado de ardis, como nos romances de depois de 1881? Se a gente considerar Machado como um escritor cuja história é movida pela exploração das complexidades da alma e dos sentimentos humanos, mesmo nas histórias consideradas da tal *fase romântica* – uma proposta um bocado diferente para a época –, vemos que ele executa isso com arte e maldade. Tanto nesses primeiros romances como nos cinco que vêm depois.

– Maldade... muita maldade... – sussurrou Felipa, sem erguer a cabeça, quase para si mesma, e tomou fôlego antes de falar... Era quase uma confissão de culpa... – Até que um dos dois diga: *chega!*

Gegê até pensou em debochar. Mas foi emudecido pelo olhar triste de Felipa, ainda voltado para o chão.

Ele e os demais fizeram silêncio.

• 8 •

Egoísmo duplicado

– Amor é egoísmo duplicado, já dizia Machado de Assis... – falou Gegê.

– Tem certeza? – provocou Roberta.

– Certeza de quê?

– De que essa frase é de Machado. Você pegou da internet, não foi?

– Ué... foi. Por quê?

– Porque tem esse problema que eu avisei a vocês. Já vi essa frase em vários sites, atribuída a Machado. Só que não vi nenhum informando de que texto a tirou. Daí...

– Não brinca! – irritou-se Gegê. – É fraude? Que cachorrada!

– Mais ou menos... assim como há textos circulando na internet, sempre relacionados a autores famosos, que na verdade nunca os escreveram. É como eu disse: tem de ter cuidado com essas coisas em que todos podem meter a mão.

– Detesto quem fica querendo fazer a gente de idiota! – grunhiu o garoto.

– Ah – riu-se Roberta. – Não exagera. Não é contra você. É só... gozação geral!

– Hum! – resmungou Gegê.

Daí, Roberta aproveitou que todos já voltavam da pausa para água e banheiro, e anunciou:

– Vamos gente! Tá na hora de terminar essa história. A lasanha nos espera!

Novamente o círculo se formou com os desamados sentados nas almofadas, e agora Gegê tinha cavucado uma fala de Lívia que o havia impressionado muito mais do que ele queria admitir.

– É bem o que vocês estavam conversando sobre ela – explicou. – Vou ler, tá? Primeiro, ela diz a Félix, contando como foi seu primeiro casamento:

> *– Amava-me [o falecido marido], creio, mas não entendíamos o amor do mesmo modo; tal foi o meu doloroso e tardio desencanto. Para mim era um êxtase divino, uma espécie de sonho em ação, uma transfusão absoluta de alma para alma; para ele o amor era um sentimento moderado, regrado, um pretexto conjugal, sem ardores, sem asas, sem ilusões... Erraríamos ambos, quem sabe?*

– E logo depois – continuou o garoto – fecha com esta:

> *– [...] às vezes cuido que não vim ao mundo para ser feliz nem para dar a felicidade a ninguém. Nasci defeituosa, parece. Serás tu capaz de desfazer a apreensão ou corrigir o defeito?*

– Essa foi ótima, Gegê! – comemorou Cristóvão. – As duas citações juntas entregam legal quem é a Lívia.

Gegê sorriu – era a primeira vez que fazia isso. Ficou satisfeito com o gol marcado e com o elogio.

Felipa então comentou:

– O que me dana é que ela está pedindo a ele que a conserte. É isso mesmo?

– É... – reforçou Noca. – Também não gostei nada. Mas olha aí o tal do amor-acima-de-tudo do romantismo e a vocação para sofredora da Lívia... Se ela acha que tem um defeito, aguenta tudo!

– Por outro lado... – refletiu Felipa, novamente num murmúrio quase para si mesma. – Quem precisa de alguém que aguente de tudo, como o Félix, também tem problemas à beça... É alguém que tem de se contentar com uma pessoa que ache que tem *defeito de fabricação*... alguém que não se goste, sem autoestima. A gente mesmo...

– Ei, dona ciumenta-mor! Dona atacadinha! Madame azedinha, sua... – protestou Gegê, pulando de pé e apontando o dedo para Felipa. – Lembre-se das regras! Nada de meter a vida da gente no meio.

– Mas eu não ia... – começou a dizer Felipa, a princípio achando até graça.

Só que Gegê a cortou, voltando-se para Cristóvão, que trocava com Felipa um olhar e alguns sorrisos.

– E ela não é a única que precisa se lembrar das regras por aqui.

– Gegê! – reclamou Noca, mesmo sem elevar a voz. – Olha o clima! Pega mais leve, tá? Você não é nenhum comandante da gente. Nem ninguém tem de aguentar lições sobre regras!

– Puxa, essa leitura está mesmo adiantando um bocado! – debochou Gegê. – Até nossa indecisa está conseguindo escolher o lado em que vai ficar!

– Quem é que está botando a nossa vida no meio, agora? – disse irritado Cristóvão, levantando também e encarando Gegê.

– A lasanha vai ficar ressecada no forno! – alertou Roberta, erguendo a voz.

E ou porque a fome era realmente muita, ou porque lembraram que a dona do casarão estava ouvindo o que não devia, todos voltaram aos seus lugares. Gegê resmungou alto:

– Vamos ter de conversar depois, tá? As coisas não estão indo bem.

– Eu não acho – protestou Noca, com surpreendente firmeza.

Felipa e Cristóvão trocaram um olhar cúmplice – também para eles *as coisas* estavam indo bem até demais. Gegê percebeu e ficou ainda mais ressentido.

– Bem – retomou Roberta –, Félix rompe várias vezes com Lívia. Escreve cartas que o texto aqui chama de *grosseiras*, *irônicas*, sempre tentando *fulminar* a *pobre Lívia*... E esse "pobre" não é meu, é do texto, é o jeito resignado com que ela se comporta.

– Parece que esse cara adora dizer *adeus*... – disparou Felipa.

– Só para ver a Lívia ficar desnorteada – completou Noca.

– Mas – resumiu Roberta – eles voltam todas as vezes, Lívia perdoa Félix, por tudo. Numa dessas, Félix, para provar seu arrependimento e conseguir o perdão, propõe casamento a Lívia...

– Ihhhh! – chiou Felipa.

– Bota *ihhhh* nisso! – reforçou Cristóvão. – Porque agora vem o grande golpe, a tal carta...

– Faltando dois dias pro casamento – lamentou Noca –, logo quando a Lívia achava que estava tudo bem, tudo muito feliz, que ia entrar no céu... É o título do capítulo: "A porta do céu"... O filho da Lívia estava muito feliz também... O menino adorava o Félix, sabia quanto sua mãe gostava do cara e queria ver ela bem, daí...

> "*Mísero moço! És amado como era o* outro*; serás humilhado como* ele. *No fim de alguns meses terás um Cireneu para te ajudar a carregar a cruz, como teve o* outro, *por cuja razão se foi desta para a melhor. Se ainda é tempo, recua!*"

– Uma carta anônima... – disse Felipa, com um suspiro de pena. – Essa história do Cireneu...?

– Foi quem ajudou Cristo a carregar a cruz. Mas aqui é intriga. Insinuação... mentindo que Lívia traiu o marido e que trairia Félix também.

– Depois vamos saber que foi do tal Luís Batista – falou Noca. – O tal cara casado que queria a viúva... Ele estava todo esse tempo se fazendo de amigo do Félix.

> *Entendamo-nos, leitor; eu, que te estou contando esta história, posso afirmar-te que a carta era efetivamente de Luís Batista.*

– O Félix sabia muito bem quem ele era! – sentenciou Cristóvão. – Se foi na conversa, é porque quis.

– Vocês repararam – alertou Roberta – que o narrador que vinha se comportando todo convencionalmente aqui invade a história sem cerimônias? E se dirigindo direto ao leitor!

– É... – murmurou Gegê. – bem que eu achei estranho.

– Lembra os narradores cheios de truques da tal Segunda Fase – destacou Roberta. – Se bem que aqui foi só uma *entradinha*... para ver onde pisa... Agora, voltando à história...

– Mas como é que esse Félix – grunhiu, brava, Felipa – deu crédito a uma carta anônima? Esse... – Então, brecou, pensou dois segundos, e sorriu, um sorriso meio triste, e novamente com um suspiro de pena. – Bem, a gente faz dessas coisas não faz?

– Puxa, Felipa! – indignou-se Noca. – Vai aliviar logo agora? E logo com esse cara? A gente não faz essas coisas. Esse cara é que está procurando uma desculpa.

Felipa balançou a cabeça, olhando, muda, para o chão.

– Daí, ele escreveu de novo para a Lívia... – disse Cristóvão – sem explicar nada... "O nosso casamento é fatalmente impossível". Ele adora essas cartas com frases dramáticas! *Impossível* não é o casamento, é *ele*!

– E "adeus" de novo também... – cravou Noca. – Vai ver, esperava que a Lívia se humilhasse, como sempre, que fosse atrás dele...

– Estrepou-se! – exclamou Felipa. – Quando ele vai visitar Lívia, tempos depois...

> *– [...] Se alguma consolação pode levar desta última entrevista, leve a certeza de que o amo como dantes, e de que o meu padecimento será ainda maior do que o seu. O casamento é já agora impossível. Eu não sei o que motivou a sua carta, mas imagino que foi alguma dúvida nova a meu respeito. [...] Acredite o que lhe digo; amemo-nos de longe; sejamos um para o outro como um traço luminoso do passado, que atravesse indelével o tempo, e nos doure e aqueça os nevoeiros da velhice.*
>
> *Lívia proferiu estas últimas palavras com a voz trêmula, e uma lágrima lhe rolou pela face pálida.*
>
> *[...]*

Félix torcia as mãos. Era patente o seu desespero. A viúva mal podia encará-lo. Seguiu-se um longo silêncio, interrompido pela chegada de Luís. O menino pôs termo à entrevista. [...]

[...]

Félix retirou-se lentamente, com os olhos anuviados, turvo o espírito, o passo vacilante, e transpôs a custo a soleira daquela porta que se lhe ia fechar para sempre.

Lívia não era a única chorando na cena. Também a Felipa tinha lágrimas descendo as faces. Noca ergueu-se e foi abraçar a garota. As duas se agarraram, bem apertado.

– Está aqui uma coisa que a gente não pode fazer on-line – cochichou Noca.

Gegê estava de olhos arregalados, querendo fazer alguma coisa, sem saber o quê. Cristóvão e Roberta olhando, apenas, comovidos. E foi a própria Felipa quem quebrou o clima, levantando-se, se esforçando para sorrir...

– Vamos atacar essa famosa lasanha? – propôs. – Eu tô faminta.

Felipa e Noca deixaram a biblioteca de mãos dadas.

• 9 •

Ao vivo

"Dez anos volveram sobre os acontecimentos deste livro", nos conta, para encerrar a história, esse narrador já desde aqui metido a Bruxo...

> *[...] Lívia soube isolar-se na sociedade. Ninguém mais a viu no teatro, na rua, ou em reuniões. Suas visitas são poucas e íntimas. Dos que a conheceram outrora, muitos a esqueceram mais tarde; alguns a desconheceriam agora.*
>
> *[...]*
>
> *Félix é que não iria parar ao claustro. A dolorosa impressão dos acontecimentos a que o leitor assistiu, se profundamente o abateu, rapidamente se lhe apagou. O amor extinguiu-se como lâmpada a que faltou óleo. Era a convivência da moça que lhe nutria a chama. Quando ela desapareceu, a chama exausta expirou.*
>
> *Não foi só isto. A sagacidade de Lívia adivinhara as provações que lhe daria o casamento. Quando de todo se lhe calou o coração, Félix confessou ingenuamente a si próprio que o desenlace de seus amores por mais que o*

mortificasse outrora, foi ainda assim a solução mais razoável. O amor do médico teve dúvidas póstumas.

[...]

A vida solitária e austera da viúva não pôde evitar o espírito suspeitoso de Félix. Creu nela a princípio. Algum tempo depois duvidou de que fosse puramente um refúgio; acreditou que seria antes uma dissimulação.

– Olha, gente! – alertou Roberta, no encerramento da noite. – Se há quem diz que esses quatro primeiros romances do Machado não têm grande valor, que são *apenas* românticos, seguindo a moda da época, sem a inovação dos que ele escreveu depois, há também quem diga que a inovação começou aqui, em *Ressurreição*. Em romances românticos tradicionais, o casal apaixonado é separado ou por forças externas, como pressões dos pais, da sociedade, ou por alguma tragédia, como a morte de um deles, se possível de *tuberculose*, que era o *mal do século*. Morrer de tuberculose era considerado... romântico. Mas aqui, em *Ressurreição*, o que impede o amor de triunfar? Nada, do ponto de vista externo. Duas pessoas apaixonadas, livres e desimpedidas, no entanto, terminam separadas. Sabem por quê? Pela incapacidade de Félix de ser feliz no amor, de se entregar a esse amor que no romantismo é a cura para todos os males, que supera até a morte... mas não supera as falhas morais e psicológicas desse personagem... nem confere a Lívia habilidade para lidar com a cabeça do seu amado. Se ela fosse uma Aurélia Camargo, de *Senhora*, talvez conseguisse forças em seu amor para *consertar* Félix, como Aurélia fez com Seixas. Mas, aqui, de novo, como não estamos diante de um romance romântico tradicional, a *ressurreição* pelo amor não acontece, a complexidade humana predomina, e fim! Agora, tirem de cima de mim esse olhar canibalesco-faminto! Não vou mais segurar ninguém aqui de ir jantar!

A lasanha de Roberta (com recheio de cogumelos *shitake* marinados desde a manhã no azeite, alho e cardamomo, e gratinada) foi um sucesso. Os desamados, ao final, bateram palmas entusiásticas – todos eles. Com isso, Roberta ficou cismando ainda mais com certa ideia que tivera, para salvar o casarão...

A reunião dos desamados, naquela noite, teve um começo curioso. Foi numa das salas do segundo andar. Os quatro se sentaram e, quando se olharam, todos estavam com os *laptops* sobre as pernas. Gegê já ia até abrindo o seu, quando se tocou. E foi Felipa quem disparou:

– Gente, estamos aqui ao vivo... e pensando em teclar? É isso mesmo, ô bando de malucos?

Um segundo de perplexidade, outro de silêncio, outro de espanto, e todos caíram na risada, olhando uns para os outros. Os *laptops* foram postos de lado. E a reunião, que a princípio prometia uma saraivada letal de desaforos, acabou sendo apenas para trocarem ideias sobre o romance que viria a seguir... *A mão e a luva*.

Depois, Roberta abriu para eles sua devedeteca, e mostrou a prateleira de filmes bem românticos, todos clássicos, antigos, famosos, que os desamados ainda não haviam visto. Todos também de acordo com o clima geral da *operação*. Cada um escolheu um filme para passar em seu *laptop*, menos Felipa e Cristóvão, que escolheram o mesmo, e por isso tiveram direito a assisti-lo na tevê de Roberta. Era *A dama e o vagabundo*, do qual a Felipa tinha escutado a mãe falar, comovida, que era o melhor desenho animado que já assistira.

E o fato é que, numa cena, em que o vira-lata chamado Vagabundo e a cadelinha de raça e família chamada Dama estão num beco, comendo espaguete ao som de uma sanfona bem italiana, e que, quando veem, estão sugando o último fio de espaguete juntos, da tigela, e acabam num beijo rápido e envergonhado... Bem, o fato é que nessa hora também Felipa e Cristóvão trocaram um beijo, sem nem pensar nem dizer nada. Assim como em silêncio foram, até o final do filme, os dois bem grudadinhos, mas as mãos presas nos respectivos colos. E no que terminou, logo se deram boa-noite, somente isso, e se separaram, cada qual para o seu quarto.

Noca assistiu ao *Casablanca*, e chorou no final. Gegê assistiu ao *A primeira noite de um homem*, e o final o deixou satisfeito da vida.

E se o narrador de *Ressurreição* estivesse nesta história, em outra invasão explícita, talvez escrevesse: *Nada mais conto. Se o leitor quiser saber o porquê da reação deles, que assista aos filmes também.*

• 10 •

Um papo reservado

Garotão e garotona, meus caros leitores:

Eu não deveria estar aqui me dirigindo a vocês. Mas o final do capítulo anterior me deu uma cutucada, daí...

O caso é que a cena a seguir não estaria, em princípio, destinada a ser assistida (ou melhor, lida) por nenhum de vocês. Assim sendo, a dita cena, a rigor, não existiria. Isso porque, obviamente, se não fosse narrada, se não aparecesse no livro, mesmo que os personagens a tivessem vivido/feito/interpretado (caso os personagens tivessem alguma existência, escondidos do autor, fora da narrativa), não haveria esta cena.

Ou melhor, se na vida nem toda a história é contada e frequentemente não se conta a história toda, aqui, a história que não é contada simplesmente não existe.

Mas, por algum prodígio e por esta história ser *machadiana* (o que é diferente de ser uma história de Machado), aqui estou eu e aqui está ela, esta anomalia, uma história em *off*...

"Felipa se aproxima meio que disfarçadamente de Roberta.

– Olá! Tudo bem? – diz Roberta, farejando problemas.

– Mais ou menos... Não. Totalmente menos.

– O que foi que houve?

– Essa sua casa... – Felipa não sabia direito como ia fazer a pergunta – tem... fantasma?

– Ora, que eu saiba, não, claro, mas... Por quê? Você... viu alguma coisa?

– Não, *ver*, não... Mas, ontem à noite... quando eu saía do banheiro e ia entrando no meu quarto...

– Sim...? Fala...!

– Bem... de repente, juro que escutei alguém resmungando atrás de mim. Primeiro, pensei que fosse o Gegê...

– Mas, não era?

– Não... Eu me virei e não tinha ninguém atrás de mim.

– Ora... – arriscou Roberta, mas não totalmente convencida do que ia dizer – não pode ser imaginação sua?

– Poder pode, mas...

– Me faz um favor? – disse Roberta aproximando mais ainda o rosto e baixando a voz.

– Hum... O quê? – estranhou Felipa.

– Se acontecer de novo...

– Isso que eu devo estar imaginando que aconteceu e que portanto não aconteceu?

– É...

– Tá, se acontecer de novo, faço o que, Roberta?

– Manda... reclamar comigo.

– Como?

– É... diz assim: 'Vai reclamar com a Roberta!'.

– Quer dizer, me viro, e digo para o corredor vazio: 'Vai reclamar com a Roberta!'?

– Isso. Pode ser?

– Claro. Não custa nada.

– Obrigada."

E terminou assim esse curioso diálogo.

• 11 •

Morrer de amor...

– Mas que pretendes fazer agora?

– Morrer.

– Morrer? Que ideia! Deixa-te disso, Estêvão. Não se morre por tão pouco...

– Morre-se. Quem não padece estas dores não as pode avaliar. O golpe foi profundo, e o meu coração é pusilânime; por mais aborrecível que pareça a ideia da morte, pior, muito pior do que ela, é a de viver. Ah! tu não sabes o que isto é?

– Sei: um namoro gorado...

– Luís!

– ... E se em cada caso de namoro gorado morresse um homem, tinha já diminuído muito o gênero humano, e Malthus perderia o latim. [...]

(Machado de Assis, *A mão e a luva*, 1874)

– Posso fazer uma experiência com vocês? – pediu Roberta.

– É o que você está fazendo o tempo inteiro – acusou Gegê. – E tomando notas nesse seu bloquinho...

– Mas agora não é nada sobre comida – riu Roberta. – É

sobre literatura mesmo... Algum de vocês conhece um conto intitulado "Eterno!", do Machado?

Ninguém conhecia.

– Não é dos contos mais badalados dele. Acontece que lá tem um trecho, logo no início, uma conversa entre dois amigos, na qual um deles está desesperado por causa de uma paixão não correspondida...

Foi neste ponto que abri a carta do amigo Norberto e corri à casa dele. Já sabem o que lhe disse; viram que ele meteu as unhas na cabeça, desesperado. Saibam agora que, depois do gesto, disse com olhar sombrio que esperava de mim outros conselhos.

– Quais?

Não me respondeu.

– Que compres uma pistola ou uma gazua? algum narcótico?

– Para que estás caçoando comigo?

– Para fazer-te homem.

Norberto deu de ombros, com um laivozinho de escárnio ao canto da boca. Que homem? Que era ser homem senão amar a mais divina criatura do mundo e morrer por ela?

A Baronesa de Magalhães, causa daquela demência [...] Realmente era bela. Chamavam-lhe, em família, Iaiá Lindinha. [...]

– Morrer por ela? disse eu.

Jurou-me que sim; era capaz de matar-se. Mulher misteriosa! A voz dela entrava-lhe pelos ossos... E, dizendo isto, rolava na cama, batia com a cabeça, mordia os travesseiros. Às vezes, parava, arquejando; logo depois tornava às mesmas convulsões, abafando os soluços e os gritos, para que os não ouvissem do primeiro andar.

– Agora comparem essa passagem com o trecho que abre *A mão e a luva*, entre os personagens Estêvão e Luís Alves – pediu Roberta.

– Puxa... – comentou Felipa – bem parecidinhos, hein? Até no tal *contraste* entre os dois personagens que conversam.

– É mesmo! Bem sacado, Felipa. De quando é esse conto? – quis saber Noca.

– A primeira publicação foi em 1887, no jornal *Gazeta de notícias*. Foi republicado em livro em 1899, no mesmo ano do lançamento de *Dom Casmurro*, na coletânea *Páginas recolhidas*.

– Puxa, foi bem no auge da Segunda Fase... – observou Cristóvão.

– Da *assim chamada Segunda Fase*... – corrigiu Felipa. – Acho que a Roberta está querendo dizer para a gente desde o início que essa história de *fases* pode ser mais um rótulo que o pessoal prega no Machado, para tentar simplificar. Mas é simplificação demais... não funciona.... Quando a gente vai ler a obra dele com cabeça mais aberta... cadê a tal ruptura absoluta entre as duas fases, que o pessoal marca tanto como uma das coisas principais pra gente ver na obra dele?

– E garanto – acrescentou Roberta – que vamos descobrir outras passagens secretas, outros elos perdidos. A obra do Machado deveria ser considerada como *um todo*, e ele, como um autor que vai fazendo, refazendo, recalibrando, explorando novos significados para situações e personagens, dentro de novos contextos... Aliás, é tão incomum vermos um personagem questionando, e até mesmo debochando do ideal do romantismo de *morrer de amor*, nos anos 1870, quanto outro, seu *semelhante*, primeiro no final da década de 1880 e depois na beira do século XX, afirmando esse mesmo ideal. A cena é quase a mesma, mas o sentido delas é bem diferente, justamente por conta desse contexto. No entanto, em ambas as situações, está a provocação de Machado, que nunca se conforma com a *moda* da época, nem se limita ao que todo mundo aceita para compor suas histórias e seus personagens.

– Gênio é gênio! – disse Felipa. Noca sorriu e assentiu com a cabeça.

– Bem, vamos ao *A mão e a luva*? – convidou Roberta. – Aliás, a gente já entrou nele... E bem fundo.

• 12 •

Sob medida

– Bem, na "Advertência" – começou Gegê, que ficou encarregado de apresentar a história –, o Machado escreve outra vez, como fez lá no *Ressurreição*, que está mais preocupado em passar pra gente o jeito de ser dos personagens...

[...] Convém dizer que o desenho de tais caracteres, – o de Guiomar, sobretudo, – foi o meu objetivo principal, senão exclusivo, servindo-me a ação apenas de tela em que lancei os contornos dos perfis. [...]

– E a Guiomar é realmente uma personagem bastante especial, para a sua época – disse com convicção Roberta. – Vamos ter boas conversas comparando-a com heroínas de outras histórias.

– Continuando... – disse Gegê, bem para cortar Roberta – Luís Alves e Estêvão são amigos, colegas no curso de advocacia. E esse Estêvão...

A namorada de Estêvão, – é tempo de dizer alguma coisa dela, – era uma moça de dezessete anos, e, por ora, sim-

ples aluna-professora no colégio de uma tia do nosso estudante, à rua dos Inválidos. Estêvão tinha-a visto, pela primeira vez, seis meses antes, e desde logo sentiu-se preso por ela, "até à morte", disse ele ao amigo, referindo-lhe o encontro, o que o fez sorrir de tão estirado prazo. Qualquer que ele fosse, porém, o prazo fatal daquele cativeiro, a verdade é que Estêvão no mesmo ponto em que a viu logo a amou, como se ama pela primeira vez na vida – amor um pouco estouvado e cego, mas sincero e puro. Amava-o ela? Estêvão dizia que sim, e devia crê-lo; alguns olhares ternos, meia dúzia de apertos de mão significativos, embora a largos intervalos, davam a entender que o coração de Guiomar – chamava-se Guiomar – não era surdo à paixão do acadêmico. Mas, fora disso, nada mais, ou pouco mais.

[...]

Naquela tarde, a tarde fatal, estando ambos a sós, o que era raro e difícil, disse-lhe ele que em breve ia voltar para S. Paulo, levando consigo a imagem dela, e pedindo-lhe em câmbio, que uma vez ao menos lhe escrevesse. Guiomar franziu a testa e fitou nele o seu magnífico par de olhos castanhos, com tanta irritação e dignidade, que o pobre rapaz ficou atônito e perplexo. Imagina-se a angústia dele diante do silêncio que reinou entre ambos por alguns segundos; o que se não imagina é a dor que o prostrou, – a dor e o espanto, – quando ela, erguendo-se da cadeira em que estava, lhe respondeu, saindo:

– Esqueça-se disso.

– Pois quanto a mim, – disse Luís Alves ouvindo pela terceira vez a narração de tão cru desenlace; quanto a mim, obedecia-lhe pontualmente; esquecia-me disso e ia curar-me em cima dos compêndios; Direito Romano e Filosofia, não conheço remédio melhor para tais achaques.

Estêvão não ouvia as palavras do amigo; estava então assentado na cama, com os cotovelos fincados nas pernas, e a cabeça metida nas mãos, parecendo que chorava. A princípio chorou em silêncio; mas não tardou que Luís Alves o visse deitar-se na cama, estorcer-se convulsivamente, a soluçar, a abafar quanto podia os gritos que lhe saíam do peito, a puxar os cabelos, a pedir a morte, tudo entremeado com o nome de Guiomar, tão d'alma tudo aquilo, tão lastimosamente natural, que enfim o comoveu, e não houve remédio senão dizer-lhe algumas palavras de conforto. [...]

– Estão percebendo? – entusiasmou-se Roberta. – A objetividade da Guiomar... Ela não é grosseira, nem desdenhosa... Simplesmente deixa claro que não está interessada. E o Luís Alves, que não leva a sério os extremos de amor do amigo...? Tudo isso é bem diferente do que rolava na época. *A mão e a luva* foi publicado em capítulos, no jornal *O Globo*. O público era o mesmo dos folhetins românticos mais melodramáticos... O narrador chega a ironizar Estêvão, por querer de qualquer maneira se ver amado por Guiomar. Aliás, a ironia, como uma das principais características da obra de Machado, só vai aparecer mais explícita nos romances de depois de 1881, mas já está aqui!

A imaginação de Estêvão desceu por este declívio de floridas conjecturas, e Luís Alves entendeu que era de bom aviso não espantar-lhe os cavalos. Ela foi, foi, foi por ali abaixo, rédea frouxa e riso nos lábios. Boa viagem! exclamou mentalmente o colega voltando a estirar-se no sofá.

– Acontece... – disse Gegê, impaciente por prosseguir na sua apresentação – que a Guiomar tinha uma madrinha... uma verdadeira fada-madrinha... uma baronesa, que adota a Guiomar e a recebe como filha, no palacete onde mora...

– É importante dizer... – brecou Cristóvão; afinal, apesar das caras feias de Gegê quando era interrompido, o combinado foi que um apresentava a história, desta vez, e que os outros três desamados ajudavam – que essa baronesa tinha perdido uma filha, pouco tempo antes, e que o palacete dela fica do lado da casa do Luís Alves... Olha o jogo armado!

– Ok! – retomou Gegê. – E bem armado mesmo. Daí a história dá um salto de dois anos à frente...

– E mais ironia do Machado... – comentou Felipa.

Um mês depois de chegar Estêvão a S. Paulo, achava-se a sua paixão definitivamente morta e enterrada, cantando ele mesmo um responso, a vozes alternadas, com duas ou três moças da capital, – todas elas, por passatempo. [...]

– Então, ele estava preso à Guiomar "até a morte"... – disse Noca, rindo. – Bem fez o Luís Alves, que ficou gozando o cara! O que eu acho é que o Machado está ironizando o exagero da paixão desse tal Estêvão.

– Ou mesmo os exageros do modelo de paixão do romantismo, que o Estêvão personifica muito bem... – complementou Roberta – até nessa *imaginação*... de ver seu amor retribuído, sem buscar saber o que sente a mulher que *ele* ama.

– Olhem só que engraçado o jeito como o cara é descrito agora – reparou Noca.

Estêvão era mais ou menos o mesmo homem de dois anos antes. Vinha cheirando ainda aos cueiros da acade-

mia, meio estudante e meio doutor, aliando em si, como em idade de transição, o estouvamento de um com a dignidade do outro. As mesmas quimeras tinha, e a mesma simpleza de coração; só não as mostrara nos versos que imprimiu em jornais acadêmicos, os quais eram todos repassados do mais puro byronismo, moda muito do tempo. [...] o último suspiro desse gênero que lhe saiu do peito foram umas sextilhas à sua juventude perdida. *[...]*

[...] Tinha leitura de uma e outra coisa, mas leitura veloz e à flor das páginas. Estêvão não compreenderia nunca este axioma [...] que mais aproveita digerir uma lauda que devorar um volume. Não digeria nada; e daí vinha o seu nenhum apego às ciências que estudara. [...]

– Hum! – reclamou Felipa. – A gente vai precisar de umas notas de rodapé para entender esse pedaço...

– Nada que um bom dicionário não resolva – disse Roberta. – Mas eu posso ajudar. *Quimera* era um monstro da mitologia grega, mas aqui quer dizer "imaginar coisas"... *Byronismo* vem de *Lorde Byron*, um escritor importante do romantismo inglês. E, *à flor das páginas*, essa Machado criou para botar aqui...

– Mas dá pra matar – gritou Felipa. – É que nem *à flor da pele*. Quer dizer, uma coisa superficial... Que o tal Estêvão lia tudo mais ou menos... E que era um cara mais ou menos também. Aliás, a Guiomar vai perceber isso... E ela não é nenhuma doidinha. Quando ficou órfã, foi trabalhar como professora para "ganhar o pão", como ela mesma diz. Ora, a baronesa fica horrorizada. Trabalhar não era coisa vista como muito elegante na época. Mas a Guiomar não se importa com isso.

– Bom – prosseguiu Gegê –, o caso é que ele volta de São Paulo formado, dois anos depois, e, no que procura o amigo Luís Alves, descobre que Guiomar é vizinha dele...

– E que a tal madrinha – esticou Cristóvão –, a baronesa, é amiga do Luís Alves...

– ... Que leva o Estêvão para visitar a baronesa – disse Noca –, querendo dar a ele uma chance de se aproximar de novo da Guiomar. Daí o caldo entorna, ele se reapaixona pela Guiomar. Só que nesse meio-tempo a baronesa tem uns planos para o futuro de Guiomar, um tal sobrinho dela...

> *Era um rapaz de vinte e cinco a vinte e seis anos. Jorge chamava-se ele; não era feio mas a arte estragava um pouco a obra da natureza. O muito mimo empece a planta, disse o poeta, e esta máxima não é só aplicável à poesia, mas também ao homem. Jorge tinha um lindo bigode castanho, untado e retesado com excessivo esmero. Os olhos, claros e vivos, seriam mais belos, se ele não os movesse com afetação, às vezes feminina. O mesmo direi dos modos, que seriam fáceis e naturais, se os não tornasse tão alinhados e medidos. As palavras saíam-lhe lentas e contadas, como a fazer sentir toda a munificência do autor. Não as proferia como as demais pessoas; cada sílaba era por assim dizer espremida, sendo fácil ver ao cabo de alguns minutos, que ele fazia consistir toda a beleza de elocução nesse alongar do vocábulo. As ideias orçavam pelo modo de as exprimir; eram chochas por dentro, mas traziam uma côdea de gravidade pesadona, que dava vontade de ir espairecer o ouvido em coisas leves e folgazãs.*
>
> *Tais eram os defeitos aparentes de Jorge. Outros havia [...] O nome que lhe deixara o pai, e a influência da tia podiam servir-lhe nas mãos para fazer carreira em alguma coisa pública; ele, porém, preferia vegetar à toa, vivendo do pecúlio que dos pais herdara e das esperanças que tinha na afeição da baronesa. Não se lhe conhecia outra ocupação.*

Não obstante os defeitos apontados, havia nele qualidades boas; sabia dedicar-se, era generoso, incapaz de malfazer, e tinha sincero amor à velha parenta. A baronesa, pela sua parte, queria-lhe muito. Guiomar e ele eram as suas duas afeições principais, quase exclusivas.

[...] A baronesa também tinha os seus sonhos, como ela mesma disse, e esses eram deixar felizes aquelas duas crianças. [...]

– Tá na cara – disse Felipa – que a Guiomar não vai aceitá-lo como marido também. Eu gosto como o Machado a colocou nesse rolo de tanta gente apaixonada por ela:

[...] Guiomar varreu do espírito os receios que lhe nasciam de tais interrogações; mas sentiu-os primeiro, pesou-os antes de os arredar de si, o que revelará ao leitor em que proporção estavam nela combinados o sentimento e a razão, as tendências da alma e os cálculos da vida.

– Ainda mais que ela já tinha escolhido outro... – insinuou Noca. – E o Machado dá uns toques legais sobre o que a Guiomar está ocultando de todos. Olha só...

[...] é privilégio do romancista e do leitor ver no rosto de uma personagem aquilo que as outras não veem ou não podem ver. [...]

[...]

A ruga desfez-se a pouco e pouco, mas a moça não retirou logo os olhos. Havia neles uma interrogação imperiosa, que a alma não se atrevia a transmitir aos lábios. Se há nos do leitor alguma interrogação, esperemos o capítulo seguinte.

– Pessoal! – alertou Roberta. – Vocês vão cansar de escutar falar no tal *narrador intruso*, em Machado de Assis, que entra no meio do texto e que se dirige direto ao leitor. E isso como uma das suas características mais marcantes. Esse aí é o dito-cujo em ação! – Ela fez uma pausa. – E já nesse seu segundo romance... da *fase* menos prestigiada!

– A gente já entendeu a mensagem, Roberta – resmungou Gegê. – Mas, agora, indo pro tal *outro* da Guiomar, nesses tais cálculos da vida que ela faz... de um lado, ela põe Jorge e Estêvão...

> *[...] Não igualava, decerto, os dois pretendentes; um era simplesmente trivial, outro sentimental apenas; mas nenhum deles capaz de criar por si só o seu destino. [...] Jorge causava-lhe tédio [...] via-se-lhe palpitar a triste vulgaridade. Estêvão inspirava-lhe mais algum respeito; era uma alma ardente e frouxa, nascida para desejar, não para vencer, uma espécie de condor, capaz de fitar o sol, mas sem asas para voar até lá. O sentimento de Guiomar em relação a Estêvão não podia nunca chegar ao amor; tinha muito de superioridade e perdão.*
>
> *[...] a natureza e a sociedade deram-se as mãos para a desviar dos gozos puramente íntimos. Pedia amor, mas não o quisera fruir na vida obscura; a maior das felicidades da terra seria para ela o máximo dos infortúnios, se lha pusessem num ermo. Criança, iam-lhe os olhos com as sedas e as joias das mulheres que via na chácara contígua ao pobre quintal de sua mãe; moça, iam-lhe do mesmo modo com o espetáculo brilhante das grandezas sociais. Ela queria um homem que, ao pé de um coração juvenil e capaz de amar, sentisse dentro em si a força bastante para subi-la aonde a vissem todos os olhos. [...]*

– Ou seja... – bufou Cristóvão – ela é uma interesseira!

– Hein? – protestou Felipa.

– Puxa, ela pensa nos caras como se estivesse escolhendo um carro para comprar.

– É, pode ser, mas... – falou lentamente Noca, depois de um instante pensando – por que a gente tem de ser inteligente para comprar um carro e não para escolher um marido?

– É claro que tem – gaguejou Cristóvão. – Mas... amor não tem a ver com negócios!

– Parados, todos! – ralhou Gegê. – A gente tinha combinado que só ia brigar depois de passar a história.

– Até porque vai ter é muita briga – disparou Felipa, fuzilando Cristóvão com um olhar.

– Tá combinado, então – reassumiu Gegê. – Bom, já tinha tempo que o Luís Alves havia entendido uma coisa sobre a Guiomar. Que ela era ambiciosa. Daí, vemos cenas em que ele fica observando a moça, e dando toques e mais toques nela. Olha só como o texto descreve o Luís Alves...

> *[...] Luís Alves, sóbrio, direto, resoluto, sem desfalecimentos, nem demasias ociosas [...]*

– É bem o estilo como ele se declara a Guiomar – prosseguiu Gegê.

> *– Tudo é aliado do homem que sabe querer, respondeu o advogado dando a esta frase um tanto enfática o maior tom de simplicidade que lhe podia sair dos lábios.*
>
> *Guiomar curvou a cabeça e esteve alguns instantes a perpassar os dedos pelas teclas, enquanto Luís Alves, tirando de cima do piano outra música, dizia-lhe:*
>
> *– Podia dar-nos este pedaço de Bellini, se quisesse.*

Guiomar pegou maquinalmente na música e abriu-a na estante.

– Era então vontade sua? perguntou ela continuando o assunto interrompido do diálogo.

– Vontade certamente, porque era necessidade.

– Necessidade, – tornou ela começando a tocar, menos por tocar que por encobrir a voz; mas necessidade por quê?

– Por uma razão muito simples, porque a amo.

A música estacou. Guiomar erguera-se de um salto. Mas nem o gesto da moça, nem a surpresa das outras pessoas perturbou o advogado; Luís Alves inclinou-se para o mocho, como a consertá-lo, e voltando-se para Guiomar, disse-lhe graciosamente:

– Pode sentar-se agora; está seguro.

– Dos três, foi o único que conseguiu pegar Guiomar de guarda baixa... – admirou-se Noca.

– E não ficou todo envergonhado para falar de seus sentimentos... não se desmilinguiu todo diante dela... – completou Felipa.

E Cristóvão lançou para ela um olhar preocupado... como se imaginasse que ela poderia não estar falando *somente* do personagem...

– Daí – dirigiu Gegê – a gente volta o foco para a Guiomar, depois dessa declaração do Luís Alves...

[...] Sua natureza exigia e amava essas flores do coração, mas não havia esperar que as fosse colher em sítios agrestes e nus, nem nos ramos do arbusto modesto plantado em frente de janela rústica. Ela queria-as belas e viçosas, mas em vaso de Sèvres, posto sobre móvel raro,

entre duas janelas urbanas, flanqueado o dito vaso e as ditas flores pelas cortinas de caxemira, que deviam arrastar as pontas na alcatifa do chão.

Podia dar-lhe Luís Alves este gênero de amor? Podia; ela sentiu que podia. As duas ambições tinham-se adivinhado, desde que a intimidade as reuniu. [...]

– Pronto... – comemorou Felipa.

– ... *A mão e a luva*... – completou Noca, admirada. – Tudo muito simples, direto... Tudo com muita... franqueza!

Dessa vez, Cristóvão não conseguiu se segurar:

– Até parece que amor é que nem uma equação de matemática, tudo bem resolvidinho, encaixadinho, sem rolos, sem...

– Mas, quando pode ser... – murmurou Felipa. – Sabe, eu acho bonito também.

Noca assentiu mudamente. O jeito de Guiomar tratar os apaixonados indesejados e toda aquela história de amor dela com Luís Alves a tinham tocado muito. E profundamente. Tanto que naquela noite, depois de já ter desligado a luz, ligou de novo e levantou-se. Daí, abriu seu *laptop*, foi para o correio eletrônico, clicou para criar uma nova mensagem, respirou fundo e digitou: "Olá". Então brecou e ficou olhando. Olhando. Olhando. Em seguida simplesmente fechou o computador e voltou para a cama xingando a si mesma. No que se atirou nos lençóis, disse para si: "A gente empurra com a barriga, empurra, empurra... e uma hora acontece como nesses personagens: a vida não para e a gente fica para trás, olhando lá de anteontem... Mas, coragem pra meter o pé na porta, cadê? Cadê? Cadê...?".

• 13 •

Comida extraterrestre

Pausa para o almoço.

Gegê estranhou quando viu o prato principal na mesa.

– O que é isso? – gemeu.

– Lulas recheadas com arroz, nirá e molho de camarões – respondeu Roberta, empinando o nariz. – A entrada é basicamente uma salada *caesar*, mas com um molho especial, feito de iogurte de leite de ovelha e lascas de queijo pecorino... que é queijo de leite de ovelha também.

– Lula? – Gegê fez uma careta.

Noca foi logo se servindo. Já estava acostumada a comer moluscos. Felipa não quis ficar atrás e colocou uma no prato, para experimentar. Adorou. Cristóvão, envergonhado, acabou se servindo também, meio a contragosto. Mas foi o primeiro a repetir. Duas vezes. Só Gegê continuava protestando:

– Não dá para sair um bife com batatas fritas?

– Nem pensar – disse Roberta. – Aqui não é hotel e o combinado não foi mais de uma opção de cardápio. Além do mais, faça-me o favor... Podendo experimentar uma coisa nova, você quer o de sempre...?

– É que nem com o Machado... – provocou Felipa. –

Vale a pena ter espírito de aventura e se meter a ler. Quem sabe você descobre que lula é o seu prato predileto?

– Duvido! – resmungou o garoto. – Eu não como bichos que parecem seres extraterrestres. Garanto que o visual do *Alien* e do *Predador* saiu... – e apontou uma lula particularmente robusta, que, da travessa, parecia se oferecer a ele – daí! Argh!

– É isso, ou ficar com fome! – sentenciou Roberta.

Gegê deu de ombros, virou as costas e foi se afastando. Não ligava nada para comida. E se recusava a comer forçado. "Esse pessoal tá mesmo querendo forçar minha barra. Tão pensando que me enganam? Que me fazem de bobo? Vou mostrar pra eles... Vou sim!"

Bem que alguma coisa lhe sussurrou no ouvido a sugestão de que sua zanga podia não ter a ver somente com moluscos. Mas ele não quis escutar. A propósito: não sobraram lulas na travessa sobre a mesa do jantar.

• 14 •

Um final feliz...

– Bom – Gegê continuava apresentando –, o Luís Alves prometeu deixar Guiomar pensando em paz, sem apertar... Para a moça decidir as coisas no tempo dela.

– Muito esperto esse cara! – admirou-se Noca.

– Muito seguro de si, isso sim! – complementou Felipa. – Dá pra gente umas ideias de como se deve fazer as coisas, hein? A gente normalmente é tão ansioso...

– Ora, quando a gente está apaixonado de verdade... – disse Cristóvão – bem, as coisas não são assim, né? Ainda acho estranho esses dois serem tão frios, tão racionais no lance. Acho o Estêvão mais sincero...

– É – protestou Felipa. – Então, olha só essas passagens do cara. A primeira, quando o Luís Alves consegue se eleger deputado...

> *[...] A mala do Norte chegara, e com ela a notícia da vitória eleitoral. Estava Luís Alves deputado; ia enfim dar a sua demão no fabrico das leis. Estêvão foi o primeiro que o felicitou; era o antigo companheiro dos bancos da academia; tanto ou mais do que os outros devia aplau-*

dir aquela boa fortuna. Não lhe escondeu, entretanto, a inveja que ela lhe metia:

– Deputado! suspirou ele. Oh! eu também podia ser deputado.

Estêvão dizia isto, como a criança deseja o dixe que vê no colo de outra criança, – nada mais. Eram os seus sonhos de outrora, que renasciam tais quais eram, inconsistentes, vagos, prestes a dissiparem-se com o primeiro raio da manhã.

– Ele *acha bonito* ser deputado! – acusou Felipa. – Mas não faz por onde. Ao contrário do Luís Alves, que decide o que quer e batalha. Na verdade, esse Estêvão não quer nada na vida. Ou melhor, tem só uma coisa que ele cismou que quer...

[...] Tu não tens coração: não tens sequer observação nem memória. Não vês, não sentes que esta paixão é o sangue do meu sangue, a vida da minha vida? Esquecê-la! Era bom se eu a pudesse esquecer; mas a minha má sina até essa esperança me arranca, porque este padecer íntimo, constante, há de ir comigo até à morte...

– Acho... – disse Noca lentamente, pensando cada palavra – que é um bocado pesado para qualquer pessoa ter um cara assim, que só tem a ela na vida... que não tem vida própria, sabem...?

Se Felipa ou Noca adivinhassem o impacto que um comentário como esse fazia em Cristóvão, talvez tivessem parado. O garoto se recolheu, como se entrasse numa caverna. Com medo de sair. Ao mesmo tempo, olhava Felipa, e sair era o que ele mais queria naquele momento. Nessa briga dele consigo mesmo, ficou calado o resto da tarde...

– Bem, naquela cena, tem ainda o lance em que o Luís Alves conta tudo sobre ele e a Guiomar, e o Estêvão sai injuriado, sentindo-se traído – lembrou Noca. – Enquanto tudo isso acontece, o tal Jorge, protegido pela madrinha...

– ... Até porque sozinho ele não toma mesmo iniciativa nenhuma... – prosseguiu Felipa.

[...] De noite, em presença da baronesa à hora da despedida, – porque ele hesitara a maior parte do tempo, – praticou Jorge aquele ato insensato de declarar à moça que a amava e de lhe pedir a mão. A tia sorriu de contentamento, mas teve a prudência de não proferir nada enquanto Guiomar, empalidecendo, nada dizia, porque nada achava que dizer.

O silêncio durou cerca de três ou quatro minutos, um silêncio acanhado e vexado, em que nenhum deles se atrevia a reatar a conversação. A baronesa, pela sua parte, imaginava que os dois estavam enfim entendidos, e que a declaração era autorizada pela moça. O enleio de Guiomar não era dos que pudessem dar cabimento a esta suposição; mas a boa senhora via com os olhos dos seus bons desejos.

– Pela minha parte, declarou enfim a baronesa, não me oponho; estimaria muito que acabassem por aí. Mas é negócio do coração; devo esperar a resposta de Guiomar.

E voltando-se para a afilhada:

– Pensa e resolve, minha filha, disse ela; e se fores feliz, sê-lo-ei ainda mais do que tu.

Duas vezes pairou a negativa nos lábios da moça; mas a língua não se atrevia a repetir a palavra do coração. No fim de alguns instantes:

– Refletirei, respondeu ela beijando a mão à madri-

nha; e continuou voltando-se para Jorge: – Boa noite! Até amanhã.

– Essa foi armadilha! – protestou Noca.

– É... – concordou Roberta. – O texto vai se referir a esse pedido de casamento como "emboscada e sobressalto". Só serviu para deixar a Guiomar indignada.

– Mas – observou Felipa – tudo poderia complicar muito, se ela não agisse bem direta no lance.

– Adorei essa! – vibrou Noca. – A Guiomar escapole de casa no meio da noite e enfia um bilhete debaixo da janela do Luís Alves.

– Com uma só palavra escrita: "Peça-me!" – sorriu Roberta.

– E o Luís Alves não desaponta...

[...] Não era homem que perdesse tempo em coisas inúteis [...] O que resolveu foi obedecer ao recado da moça; pedi-la sem hesitação nem preâmbulo. Mas se o caso lhe não produziu insônia, não deixou de lhe estender a vigília, além da hora usual, como era de jeito naquela ocasião solene, sobretudo, tratando-se de criatura que por aqueles tempos era a inveja e a cobiça de muitos olhos. Luís Alves não era, como Estêvão, um adorável cismador, não se nutria de imaginações e devaneios, alimento que funde pouco ou nada, mas cismou algum tempo, embebeu-se uma hora na contemplação ideal da mulher que ele soubera escolher. O sono chegou, e o devaneio confundiu-se com o sonho.

Guiomar dormiria tão repousadamente como ele? Dormia [...]

[...]

Pela volta do meio-dia, recebeu a baronesa uma car-

ta de Luís Alves. Abriu-a e leu-a. O advogado pedia-lhe a mão de Guiomar. Poucas linhas, corteses, símplices, naturais, feitas por quem parecia senhor da situação.

– Claro... – disse Noca. – Tô vendo que pensar demais atrapalha numa hora dessas. Se o Luís Alves ficasse pensando, deixava na mão a Guiomar, que confiava que ele ia agir logo. E ainda largava a coitada no sufoco. O diabo é a gente sacar a medida certa entre pensar mais um pouco e fazer no impulso...

– Olha a escorregada pro lado pessoal, dona Noca – acusou Gegê. – Vamos voltar para o tal palacete, onde tem uma senhora inglesa, que mora lá, tipo acompanhante da dona da casa, chamada Mrs. Oswald, e que andava fazendo a maior pressão para a Guiomar casar com o sobrinho da baronesa. Pura puxação de saco, mas ela chega a dizer para a Guiomar: "Toda a felicidade desta casa está em suas mãos", querendo com isso cobrar gratidão à garota, pelo que a madrinha fez por ela.

– Ou seja... – pensou Cristóvão em voz alta – chantagem emocional existe hoje e existiu sempre.

– Então... – prosseguiu Roberta – depois de receber a carta do Luís Alves, a baronesa manda chamar a afilhada...

– [...] O Dr. Luís Alves pede-te em casamento; tens de escolher entre ele e Jorge. A segunda coisa é que dos dois pretendentes Jorge é o que meu coração prefere; mas não sou eu que me caso, és tu; escolhe com plena liberdade aquele que te falar ao coração.

[...]

– Oh! madrinha! exclamou Guiomar [...] Se eu adivinhara essas palavras que acabou de dizer, não teria padecido metade do que me fazem padecer há longos dias...

[...]

– Percebo, respondeu a baronesa, queres dizer que dos dois pretendentes escolhes o Dr. Luís Alves?

A moça conservou-se calada; a madrinha olhava para ela com uma expressão de ansiedade que a afligiu.

– Fala, repetiu a baronesa.

– Escolho... o Sr. Jorge, suspirou Guiomar depois de alguns instantes.

A baronesa estremeceu.

– Falas sério? Não creio; não é esse o sentimento do teu coração. Vê-se que não é. Queres iludir-me e a ti também. Percebo que o não amas; não o amaste nunca. Mas amas ao outro, não é? Que tem isso? Não me dá o prazer que eu teria se... Que importa, se fores feliz? A tua felicidade está acima das minhas preferências. Era um sonho meu; desejava-o com todas as forças; faria o que pudesse para alcançá-lo; mas não se violenta o coração, – um coração, sobretudo, como o teu! Escolhes o outro? Pois casarás com ele.

– Ai! – gemeu Felipa. – Essa foi quase.
– E aí vem o final... – anunciou Gegê.

[...] Os anos passaram depois, e à medida que vinham, ia-se Estêvão afundando no mar vasto e escuro da multidão anônima. O nome, que não passara da lembrança dos amigos, aí mesmo morreu, quando a fortuna o distanciou deles. Se ele ainda vegeta em algum recanto da capital, ou se acabou em alguma vila do interior, ignora-se.

O destino não devia mentir nem mentiu à ambição de Luís Alves. Guiomar acertara; era aquele o homem forte. Um mês depois de casados, como eles estivessem a conversar do que conversam os recém-casados, que é de si mesmos, e a relembrar a curta campanha do namoro, Guiomar confessou ao marido que naquela ocasião lhe conhecera todo o poder da sua vontade.

– Vi que você era homem resoluto, disse a moça a Luís Alves, que, assentado, a escutava.

– Resoluto e ambicioso, ampliou Luís Alves sorrindo; você deve ter percebido que sou uma e outra coisa.

– A ambição não é defeito.

– Pelo contrário, é virtude; eu sinto que a tenho, e que hei de fazê-la vingar. Não me fio só na mocidade e na força moral; fio-me também em você, que há de ser para mim uma força nova.

– Oh! sim! exclamou Guiomar.

E com um modo gracioso continuou:

– Mas que me dá você em paga? um lugar na câmara? uma pasta de ministro?

– O lustre do meu nome, respondeu ele.

Guiomar, que estava de pé defronte dele, com as mãos presas nas suas, deixou-se cair lentamente sobre os joelhos do marido, e as duas ambições trocaram o ósculo fraternal. Ajustavam-se ambas, como se aquela luva tivesse sido feita para aquela mão.

– Pessoal! – disse Roberta, sem conseguir se conter. – Finais felizes e amores tão bem resolvidos assim são raros na literatura romântica. Há casais que só se reúnem... depois de mortos.

– Jura? – espantou-se Felipa.

– Isso mesmo, com os dois sendo enterrados lado a lado e os fantasminhas se erguendo, de madrugada, das tumbas e se dando as mãos... como jamais fizeram enquanto vivos.

Mas nesse romance de Machado, o amor reúne o casal. E tem ainda a Guiomar nessa história... uma heroína que admite que escolheu seu homem por amor, mas também por sua ambição. Afinal, ela, que foi pobre, que correu o risco de ficar na rua da amargura... É por isso que tanta gente ao comentar esse livro chama Guiomar de interesseira!

Cristóvão ergueu a cabeça por um segundo, para olhar Roberta. Seu rosto continuava sombrio, pensativo...

– E aí, vai ter briga? – provocou Noca. – Eu achei que não precisava o final pegar tão pesado com o Estêvão. Fiquei com pena dele... Descobri uma palavra, outro dia, por acaso: *amorudo*. É o sujeito que ama, ama, ama...

– ... E acha o próprio amor o máximo! Bem que eu queria partir pro pau, mas parece que meu adversário *predileto* não está muito animado – disse Felipa, lançando um olharzinho de esguelha para Cristóvão, que não se entusiasmou nem com o *predileto* de Felipa.

Roberta esperou alguns instantes e deu por encerrada a reunião. O prato principal do jantar daquela noite foi frango recheado com farofa de nozes e creme de espinafre. Houve sessão coletiva de DVDs, da coleção de *clássicos românticos* de Roberta, mas Cristóvão preferiu ir cedo para o quarto e não apareceu mais no salão naquela noite.

• 15 •

Os amorudos

Quase duas horas da manhã, e a Felipa acordou com uma batida meio que abafada na sua porta. A garota adivinhou quem era. Como estava com um pijama que podia considerar *decente*, foi logo abrir.

– Oi – disse Cristóvão, super sem jeito.

– O que deu em você, hein? – cobrou Felipa. Mas, como Cristóvão estava com uma cara de quem queria se enfiar no chão, ela abriu mais a porta e chegou para o lado, para ele entrar. – Se o Gegê descobre, mata a gente!

– Eu passei no quarto dele, pus a orelha na porta, e ele está até roncando. Além do mais... – Cristóvão fez uma pausa, hesitando – a gente não está fazendo nada contra as regras, está?

– Claro que não – apressou-se a dizer Felipa.

O garoto entrou, demorou um pouco para decidir onde ia sentar. Acabou arriando no chão. Felipa sentou-se na beirada da cama e ficou olhando para ele, aguardando o que Cristóvão ia dizer. Demorou um pouco, mas o garoto acabou falando:

– Eu escutei tudo! Tudo! Parecia que não, mas estava prestando a maior atenção.

– Eu sei! – disse Felipa, sem conseguir reprimir um tonzinho de gozação. Cristóvão percebeu e quase desanimou. Mas o sorriso a seguir da menina, um sorriso bonito todo feito só para ele, o fez prosseguir:

– Você não está mais *azedinha*...

– Posso ter umas recaídas. Principalmente, se você me preferia daquele jeito.

– Não... – disse Cristóvão em voz quase sumida. E depois de uma pausa, falou: – A gente... lá na biblioteca... não está conversando só sobre literatura, né?

– Hum-hum! – fez a cada vez mais sorridente Felipa, balançando negativamente a cabeça.

– Você sabe como eu sou enrolado, como eu me atrapalho com essa coisa de namoro, de...

– ... Amor?

– É. Acho que um dia a gente vai perder o medo dessa palavra, né?

– Um dia... quando a gente... for mais velho – Felipa respirou fundo. – Mas você não acha que eu fiquei *boazinha* e *curada* de repente, acha? Eu até tô me sentindo diferente, quer dizer... tô me sentindo com vontade de ficar diferente. Mas quem vai querer se arriscar comigo...? Sabe como é... vacilou comigo, eu mato!

Lentamente, ele balançou a cabeça, assentindo. Mas, ao contrário do que Felipa esperava, não aproximou seu rosto do dela... Ficou parado, pensando, pensando...

– Sabe o que eu quero ser... no que eu quero trabalhar? – disse a garota.

– Nem desconfio.

– Quero ser psicóloga... especializada em problemas de casais. Isso, quero tratar de casais, ajudar eles a viver legal, a se gostar sem problemas... a viver bem.

– Você?

– É.

– Tá de...?

– Não, por quê? Você acha que eu não ia servir para dar conselhos sentimentais?

– Bem...

– Pode dizer – estimulou Felipa.

– Até lá você vai ter um bocado de experiência sobre o que a gente não deve fazer.

– Hum... É, mais ou menos isso. E você?

– O que eu quero fazer?

– É...

– Bem... Pode soar meio estranho.

– Ah, não brinca!

O garoto riu e continuou:

– Lá pela década de 1940, tinha um prédio de 26 andares em São Paulo, que havia acabado de ser construído. Numa hora, perceberam que o prédio estava começando a afundar de um lado. E ia meio rápido... mais de 1 milímetro por dia...

– Isso é rápido?

– Para esse tipo de coisa, é sim... Dá licença de eu continuar?

– Toda.

– Bom, daí chamaram os melhores engenheiros da época e eles vieram com uma solução um bocado original, ousada mesmo. Congelaram o terreno em volta do prédio, até uma profundidade de 20 metros, a uma temperatura de 20 graus negativos. Daí, com o terreno firme, sólido, puderam abrir buracos e refazer as fundações do prédio.

– Tem certeza de que isso não é mentira? Congelaram o terreno?

– Juro. É nesse tipo de coisa que eu quero trabalhar.

A garota ficou pensando por um momento, então disse:

– Congelar o terreno, abrir de novo os buracos e refazer as fundações...? – repetiu Felipa, avaliando as palavras.

– É... O que foi?

– É mais ou menos o que eu quero fazer também.

– Como é?

– Olha só! Em vez de um prédio, vê como se fosse um casamento afundando... Daí, o casal vai para a terapia... É a mesma coisa. Congela tudo para salvar o terreno, depois abre de novo, refaz as fundações...

– Ou não consegue refazer.

– Daí desaba! – disparou Felipa. E os dois fizeram silêncio, olhando-se intensamente.

– Tô apavorado – disse ele, afinal. – Tô precisando da coragem de um Luís Alves, esse do *A mão e a luva*.

– Tá bom. Então vou dar uma de Guiomar e experimentar usar a cabeça, pra ver se ainda funciona. Escuta... – murmurou Felipa, quase em tom de pedido, e pegou um livro que estava dentro da sua mochila. Depois, abriu e leu um trecho: – *As cartas de amor, se há amor, / Têm de ser / Ridículas. / Mas, afinal, / Só as criaturas que nunca escreveram / Cartas de amor / É que são / Ridículas.*

– Fernando Pessoa. Esse eu conheço. É o poema-tema da minha vida!

– E o Caetano não pôs numa letra que de perto ninguém é normal?

– Acho que a música se chama "Vaca profana".

– Então, pensa numa coisa... não tem lambança que você faça que eu não consiga fazer pior.

– E vice-versa – disse ele, sorrindo, depois de um instante.

– Também tô apavorada – confessou a garota.

E Cristóvão, depois de um rápido susto, exclamou:

– Puxa! Que alívio!

– Hein? – surpreendeu-se Felipa.

– Bem... É que se você estivesse toda segura, toda durona, eu não ia conseguir segurar, sabe? Ia me enrolar todo de tanta vergonha, ia ter de me fazer de durão também. Ia... ia...

– Você é lindo! – disse Noca.

Cristóvão ficou olhando para ela um instante, depois sorriu também, um sorriso tímido; ergueu-se do chão e aproximou a boca do ouvido da garota, sussurrando-lhe uma única palavra.

– Hein? – fez ela.

– É o meu nome. Meu nome de verdade.

– Jura?

– Juro – e os lábios dos dois estavam quase se tocando.

– E as regras? – perguntou Felipa.

– É... tem as regras, né...? Mas o Gegê toma conta delas bem melhor do que eu.

• 16 •

A biblioteca

O casarão estava silencioso, escuro, nada se movia em seu interior. Roberta não entendia onde haviam ido parar seus hóspedes, nem o que ela estava fazendo ali no corredor, àquela hora. Sabia que tinha de ir para a biblioteca. Assim como sabia que deveria estar dormindo, em seu quarto e na cama, e não ali, caminhando por aquele corredor, que agora parecia comprido como nunca.

– Será que cortaram a luz? – murmurou Roberta. – Mas eu paguei a conta... Ou não? Eles cortam assim, sem avisar...? Ou pode ser um apagão no bairro...?

Chegou então à biblioteca.

Ou por outra: não chegou.

Não chegou porque, onde deveria estar a porta da biblioteca, havia só a parede. Como se a biblioteca nunca tivesse existido.

– Quem tirou minha biblioteca daqui? Quem emparedou a porta? Quem...? Quem...?

Quando viu, estava berrando. E muito assustada, pois podia jurar que havia alguém às suas costas. Rindo dela. Com raiva dela.

Então, ela se virou.

E abriu os olhos em sua cama, a luz ainda acesa e um livro caído em seu colo (para os curiosos: era o *Dom Quixote*).

• 17 •

Coisa de novela

O conselheiro Vale morreu às 7 horas da noite de 25 de abril de 1850. Morreu de apoplexia fulminante, pouco depois de cochilar *a sesta, – segundo costumava dizer, – e quando se preparava a ir jogar a usual partida de voltarete em casa de um desembargador, seu amigo. O Dr. Camargo, chamado à pressa, nem chegou a tempo de empregar os recursos da ciência; o padre Melchior não pôde dar-lhe as consolações da religião: a morte fora instantânea.*

No dia seguinte fez-se o enterro, que foi um dos mais concorridos que ainda viram os moradores do Andaraí. Cerca de duzentas pessoas acompanharam o finado até à morada última, achando-se representadas entre elas as primeiras classes da sociedade. [...]

A família do conselheiro compunha-se de duas pessoas: um filho, o Dr. Estácio, e uma irmã, D. Úrsula. Contava esta cinquenta e poucos anos; era solteira; vivera sempre com o irmão, cuja casa dirigia desde o falecimento da cunhada. Estácio tinha vinte e sete anos, e era formado em matemáticas. O conselheiro tentara encar-

reirá-lo na política, depois na diplomacia; mas nenhum desses projetos teve começo de execução.

[...]

[...] foi aberto o testamento com todas as formalidades legais. [...] As disposições gerais nada tinham que fosse notável [...]

Uma disposição havia, porém, verdadeiramente importante. O conselheiro declarava reconhecer uma filha natural, de nome Helena, havida com D. Ângela da Soledade. Esta menina estava sendo educada em um colégio de Botafogo. Era declarada herdeira da parte que lhe tocasse de seus bens, e devia ir viver com a família a quem o conselheiro instantaneamente pedia que a tratasse com desvelo e carinho, como se de seu matrimônio fosse.

(Machado de Assis, *Helena*, 1876)

– Vocês sabem o que é um folhetim? – perguntou Roberta, mal todos os desamados (ou melhor, na contagem atual, dois desamados e dois amorudos) se acomodaram nas almofadas.

– Bom – disse Noca –, já li alguma coisa no jornal chamando as novelas de TV de folhetins... Mas era por causa das surpresas que aconteciam na história.

– É uma palavra que vem do francês – explicou Roberta. – *Feuilleton*... quer dizer folhas, ou jornais. Isso porque eram histórias publicadas em capítulos, todos os dias, em jornais. *Helena* saiu primeiro nas páginas de *O Globo*, e logo depois em livro. Mas, *folhetinesco* não quer dizer somente isso... Quer dizer também as *reviravoltas*... aquelas revelações que prendem a atenção de todos... tipo *bombásticas*... que explodem, feito bombas, a ordem na vida dos personagens... que mudam tudo. E se refere também às coincidências e surpresas que temperam o enredo... Pois é,

Helena tem um pouco disso tudo. Não é à toa que foi adaptada três vezes como novela para a TV. Machado afirma, na "Advertência", que saiu na republicação do romance, que é o seu livro favorito, entre esses quatro primeiros. Bom, tudo isso para dizer...

– ... Que as primeiras páginas do *Helena* são bem *folhetinescas*. Dá para notar... – marcou Felipa. – Quanta coisa acontece nos primeiros parágrafos. Até parece locutor de telejornal mandando ver nas manchetes do dia.

– E o romance todo vai assim... – disse Gegê – cheio dessas *reviravoltas*.

– Uma última coisa... Quando a gente fala em *folhetim*, logo se lembra de Alexandre Dumas, de *Os três mosqueteiros* e outras aventuras eletrizantes. Houve também escritores portugueses e brasileiros... José de Alencar, por exemplo... que publicaram romances desse gênero que é uma das caras... das *facetas*... do romantismo. Ou seja, nada tão romântico como uma boa história que prenda a gente capítulo a capítulo, com malabarismos de enredo. E *Helena*, que era o romance favorito de Machado, entre os que publicou na década de 1870, é sem dúvida o mais folhetinesco e o mais *romântico* deles. Parece que Machado aqui resolveu tirar o pé do freio e, se era para ser sentimental e romântico, provou que poderia ser tanto quanto qualquer outro autor do seu tempo e melhor do que a maioria. Embora tocasse num tema bastante *perigoso* para a época... Mas com um bocado de *ginga*... de *inteligência* para lidar com a sensibilidade de seu público, como Machado sempre teve...

– Roberta! – reclamou Gegê. – Dá para deixar a gente tocar daqui pra frente a história?

– Desculpa. É que eu me empolgo e...

– Não precisa ficar toda envergonhada assim, Roberta –

interveio Noca. – O Gegê tem essa mania de chefe, mas bem que ele podia ser mais... – e a garota lançou um olhar para ele, que já estava com cara emburrada – mais doce!

Gegê arregalou os olhos surpreso. Mas logo emendou:

– Manda ver o *Helena*, Noca. É a sua vez.

– Bem... então, a situação é essa... O Estácio e a tia têm de receber em casa uma menina que nunca viram na vida e que nem sabiam que existia. E tratá-la como se fosse da família. Ou seja, Estácio de repente ganha uma irmã mais nova. No princípio, a coisa fica meio estranha entre eles. Mas Helena vai conquistando Estácio e dona Úrsula...

– Peraí, Noca! – pediu Cristóvão. – É importante dizer que o Estácio tinha uma quase noiva, Eugênia, filha de um amigo da família, doutor Camargo, que estava doido para casá-la com um cara como Estácio, que ia herdar uma grana preta do pai. E tudo parece se encaminhar para isso, se bem que...

> *[...] O amor de Estácio tinha a particularidade de crescer e afirmar-se na ausência e diminuir logo que estava ao pé da moça. De longe, via-a através da névoa luminosa da imaginação; ao pé era difícil que Eugênia conservasse os dotes que ele lhe emprestava. Daí, um dissentimento provável e um remorso certo. Agora que a deixava, ia ele irritado contra si mesmo; achava-se ridículo e cruel; chegava a adorar toda a graciosa futilidade de Eugênia; concedia alguma cousa à idade, à educação, aos costumes, à ignorância da vida.*

– Não é por nada não... – atreveu-se a comentar Roberta, apesar da cara feia de Gegê – mas essa Eugênia parece ser exatamente o que tem de ser... quer dizer... para virar esposa, principalmente naquela época! Os candidatos a marido não iam querer mais do que uma bobinha em casa... E se ficasse entediado, olha só a solução do conselheiro Vale... que jogou no colo da família de surpresa que tinha toda uma vida secreta...

– É... ele era um *homem da vida*! – sentenciou, indignada, Felipa.

– Bem, por essas e outras – retomou Noca –, o Estácio parecia satisfeito, dentro das possibilidades, por estar para se casar com a Eugênia...

– ... Até que apareceu a Helena na jogada – completou Felipa.

– Daí, não só a Helena gosta de ler, que nem o Estácio... coisa que a tal Eugênia nem cheira... como tem conversas inteligentes com o irmão. E mais do que inteligentes... bem-humoradas!

As patas de Moema *interromperam a reflexão do moço. A cavaleira brandira o chicotinho, e o animal saíra a trote largo pelo terreiro fora. Estácio, no primeiro momento, deu um passo e estendeu a mão como para tomar a rédea ao animal; mas a segurança da moça logo lhe deixou ver que ela não fazia ali os primeiros ensaios. Ficou parado, de longe, a admirar-lhe o garbo e a destreza. No fim de vinte passos, Helena torceu a rédea e regressou ao ponto donde saíra.*

– Que tal? disse ela logo que estacou. Terei jeito para a equitação?

– Criança!

– Que é isso? Já aprendeu? interveio D. Úrsula, do alto da varanda, onde acabava de chegar.

– Estava caçoando conosco, disse Estácio. Vê como sabe montar?

– Ela sabe tudo, murmurou D. Úrsula entredentes.

Estácio montou no cavalo. Consultou o relógio; eram sete horas e meia.

– Permite que o acompanhe? perguntou Helena.

– Com uma condição, disse ele; é que há de ter juízo. Não quero temeridades; a égua é aparentemente mansa; convém não brincar com ela. Já vejo que você é capaz de muitas cousas mais...

– Prometo ir pacificamente.

[...]

– Não me dirá você, perguntou ele, por que motivo, sabendo montar, pedia-me ontem lições?

– A razão é clara, disse ela; foi uma simples travessura, um capricho... ou antes um cálculo.

– Um cálculo?

– Profundo, hediondo, diabólico, continuou a moça sorrindo. Eu queria passear algumas vezes a cavalo; não era possível sair só, e nesse caso...

– Bastava pedir-me que a acompanhasse.

– Não bastava. Havia um meio de lhe dar mais gosto em sair comigo; era fingir que não sabia montar. A ideia momentânea de sua superioridade neste assunto era bastante para lhe inspirar uma dedicação decidida...

– Enfim, com toda essa coisa de homem ter de se fazer de muito sério, naquele tempo – continuou Noca –, a Helena fazia o Estácio rir. Aliás, ela é a única heroína bem-humorada dessa leva de romances.

– Bem reparado – disse Roberta.

– E ele faz a ela um elogio... – Noca interrompeu-se, torceu o rosto numa careta – Quer dizer, uma coisa que deveria achar o maior dos elogios, para se dizer a uma garota, naquele tempo...

Estácio soltou uma risada.

– Você devia ter nascido...

– Homem?

– Homem e advogado. [...]

– Bom... – prosseguiu Noca. – Acontece que, apesar de a historinha estar parecendo livre, leve e solta, a gente começa a ficar meio tenso com duas coisas. Primeiro, Helena tem um segredo... Uma casinha muito pobre, onde vive um homem misterioso. Helena a visita todos os dias... E parece que o tal doutor Camargo acaba descobrindo. Mas tem uma coisa ainda mais ameaçadora rolando, justamente entre os irmãos...

– E se eu lhe pedir que não saia nunca sem mim?

– Não sei se poderei obedecer. Nem sempre você poderá acompanhar-me; além disso, indo com o pajem, é como se fosse só; e meu espírito gosta, às vezes, de trotar livremente na solidão.

– Naturalmente a pensar de cousas amorosas... acrescentou Estácio cravando os olhos interrogadores na irmã.

Helena não respondeu; tomou-lhe o braço e os dois seguiram silenciosamente uns dez minutos. Chegando a um banco de madeira, Estácio sentou-se; Helena ficou de pé diante dele. Olharam um para outro sem proferir palavra; mas o lábio de Estácio tremera duas ou três vezes como hesitando no que ia dizer. Por fim o moço venceu-se.

– Helena, disse ele, você ama.

A moça estremeceu e corou vivamente; olhou em volta de si, como assustada, e pousou as mãos nos ombros de Estácio. Refletiu ela no que disse depois? É duvidoso; mas a voz, que nessa ocasião parecia concentrar todas as melodias da palavra humana, suspirou lentamente:

– Muito! Muito! Muito!

Estácio empalideceu. A moça recuou um passo, e, trêmula, pôs o dedo na boca, como a impor-lhe silêncio. A vergonha flamejava no rosto; Helena voltou as costas ao irmão e afastou-se rapidamente. [...]

– Não podia ser mais romântico... quer dizer, do *romantismo* – comentou Roberta. – Ou seja, amor impossível... e até mesmo...

– Isso... É o que fica buzinando na cabeça da gente quando lê. Porque a Helena já sacou o que sente, mas o Estácio precisa do padre Melchior para enxergar...

– Crês em Deus?

Estácio estremeceu e olhou para o ancião, sem responder. Melchior insistiu:

– Crês?

– Essa pergunta...

– É menos ociosa do que parece. Não basta supor que se crê; nem basta crer à ligeira, como na existência de uma região obscura da Ásia, onde nunca se pretende pôr os pés. O Deus de que te falo, não é só essa sublime necessidade do espírito, que apenas contenta alguns filósofos; falo-te do Deus criador e remunerador, do Deus que lê no fundo de nossas consciências, que nos deu a vida, que nos há de dar a morte, e, além da morte, o prêmio ou o castigo. Crês?

– Creio.

– Pois bem, tu transgrediste a lei divina, como a lei humana, sem o saber. Teu coração é um grande incons-

ciente; agita-se, murmura, rebela-se, vaga à feição de um instinto mal expresso e mal compreendido. O mal persegue-te, tenta-te, envolve-te em seus liames dourados e ocultos; tu não o sentes, não o vês; terás horror de ti mesmo, quando deres com ele de rosto. Deus que te lê, sabe perfeitamente que entre teu coração e tua consciência há como um véu espesso que os separa, que impede esse acordo gerador do delito.

– Mas que é, padre-mestre?

Melchior inclinou-se e encarou o moço. Os olhos, fitos nele, eram como um espelho polido e frio, destinado a reproduzir a impressão do que lhe ia dizer.

– Estácio, disse Melchior pausadamente, tu amas tua irmã.

– Taí o rolo armado! – concluiu Noca.

• 18 •

Ora, panquecas!

– Só que aí é que vai entrar a tal *ginga* do Machado de que eu falei – arrematou Roberta. – Ou seja, *Helena* é um romance sobre incesto, esse terrível pecado? Esse atentado contra a moral e as leis da nossa sociedade...? Ou não?

Essa foi a pergunta que Roberta guardara para a volta da garotada ao romance, depois do almoço. E enquanto seus hóspedes traçavam as panquecas de queijo *cheddar* com frango desfiado, acompanhadas de arroz de amêndoas e tomate seco, ela ficara pensando na vida.

Ou melhor, no que a vida, e a sua vida em especial, poderia ter a ver com literatura.

Lá estavam eles lendo *Helena*, e de repente o personagem Estácio fora forçado a olhar seu próprio coração e, sinceramente, confessar o que enxergava.

Na sequência da denúncia do padre Melchior, havia uma descrição de sentimentos, ou melhor, de uma comoção, que sempre a emocionava muito. Não poderia ser mais forte, para exprimir o extremo da dor moral sofrida por Estácio...

O gesto mesclado de horror, assombro e remorso com que Estácio ouvira aquela palavra, mostrou ao padre, não só que ele estava de posse da verdade, mas também que acabava de a revelar ao mancebo. O que a consciência deste ignorava, sabia-o o coração, e só lho disse naquela hora solene. A consciência, depois de tatear nas trevas, recuou apavorada, como afastando de si o clarão súbito que acendera nela a palavra do sacerdote. Estácio não respondeu nada; não podia responder nada. Com que vocábulo e em que língua humana exprimiria ele a comoção nova e terrível que lhe abalara a alma toda? que fio pudera atar-lhe as ideias rotas e dispersas? Nem falou, nem se atreveu a erguer os olhos; ficou como estúpido e morto. [...]

"E é", refletiu Roberta, "tão típico do romantismo montar armadilhas para o herói nas quais ele de repente tem de se olhar num espelho... ou num quadro que o retrata... e conhecer seu rosto, seu verdadeiro rosto... o que ele tem oculto, às vezes até de si mesmo, no coração, no espírito, na consciência... Puxa! Estou repleta de pensamentos *românticos* hoje..."

• 19 •

O fantasma I

E na verdade, leitor, era tudo muito simples... Lá estava ela tomando notas, arquitetando sonhos para salvar o casarão... Mas quem era ela para transformar seus sonhos em realidade? Até agora... ("E já não sou nenhuma garotinha. Puxa, 37 anos...") nunca conseguira.

Então, talvez, todos aqueles planos, se é que mereciam ser chamados assim, não sairiam daquele seu bloco de notas, onde ela já compunha cardápios e mais cardápios do *Casarão Literário*, cuja maior atração seriam saraus combinando leitura de poemas, de trechos de livros, discussões de leitura... e boa gastronomia. Havia até uma folha ou duas as quais ela dedicara ao *planejamento* de uma horta, nos fundos da propriedade, onde o terreno encontrava o morro, com fileiras de temperos, hortaliças... e quem sabe uns canteiros de cogumelos. "Vou plantar e colher eu mesma os ingredientes... mãos e pés na terra... adubo natural e minhocas para aumentar a fertilidade da horta... culinária à base de *tudo fresco, tudo saudável...*"

Roberta já estava quase terminando as páginas do bloco de notas...

Fechou os olhos um segundo. Ou talvez dois, ou três... Sentiu-se de repente imensamente cansada. Exausta. O corpo pesado, mole, sem ânimo para se levantar.

Não vinha dormindo bem ultimamente.

Sentia-se tão tensa, com tanta vontade de poder escapar um instante, relaxar.

E continuava pensando, remoendo...

Porque tinha a sensação agora de que, uma noite dessas, de insônia e remorsos, se descesse à biblioteca, daria de cara com o fantasma de seu avô... aquele que lia para ela, com ela menina no colo dele, que lhe passou o amor pelos livros, pela literatura... E lá estaria ele, triste, sentado na sua poltrona costumeira.

Vovô!, ela exclamaria, mais espantada do que com medo...

Oh, olá, cumprimentaria o fantasma. *Não queria incomodar...*

Incomodar? Mas, nunca!, diria ela. *Puxa, que saudade!*

Vim somente me despedir, diria ele, sem olhar diretamente para ela, como se estivesse magoado com a neta.

Puxa... Jura? Você veio se despedir de mim?

Não... me despedir de você, não. Da casa! Vivi mais de meio século aqui e agora estou sabendo que tudo vai virar um shopping. Muito triste isso... E tudo por culpa de quem? Você sabe de quem, não sabe?

Roberta abriu os olhos de repente. Fora um cochilo tão rápido, que ninguém percebeu.

Mesmo assim, fora impressionante. Seus lábios estavam tremendo. Ela sabia que, se não se controlasse, ia começar a chorar.

A garotada havia terminado as panquecas e agora atacava a sobremesa: doce de casca de laranja caseiro. Ela foi até um bufê – um lindo móvel de madeira de lei, que combinava esplendidamente com a grande mesa na qual a garotada fazia as refeições... e que seriam utilizados no *Casarão Literário*... Mas, olhando bem dentro do seu coração, se forçando a enxergar o tamanho real da sua coragem, de sua disposição para correr riscos, Roberta confessou a si mesma que o casarão também não passaria de mais um sonho dos tantos que acumulara sem proveito na vida.

Esses sonhos mortos é que se transformavam nos mais assustadores fantasmas.

Quando ela retornou à biblioteca, junto com a garotada, o bloco de notas ficou largado sobre o bufê.

• 20 •

Sentimento de culpa...

– A tal *ginga* de Machado de Assis – retomou Roberta – começa aliviando o pecado do incesto... quer dizer... dessa possibilidade de incesto entre os irmãos...

– Até porque até agora tinha tudo ficado só em pensamento, não é? – argumentou Noca.

– Isso! – veio ajudar Felipa. – Olha só, eles não haviam sido criados juntos, nunca se sentiram como irmãos. Quando se conheceram, já eram adultos e aí... já era! Tudo por culpa das malandragens do pai de Estácio...

– Mas olha que isso ainda é pouco – alertou Roberta. – Outra surpresa se anuncia, e logo nosso romântico leitor começa a ser atiçado...

– Só atiçado, não! – protestou Felipa. – É outra dessas...

– ... Peripécias... – completou Cristóvão. E Roberta, no ato, reforçou:

– Reviravoltas!

– Pois é... bem *bombástica* – disse Noca. – De repente, o mistério da tal casinha e do seu morador, que Helena visitava, é revelado. E isso muda a história! A própria Helena não aguenta mais e conta tudo, entregando ao padre Melchior uma carta que o tal sujeito, chamado Salvador, lhe escreveu:

"Minha boa filha. Sei pelo Vicente que alguma cousa aí há que te aflige. Presumo adivinhar o que é. [...] Conta-me o que há, pobre filha do coração; não me escondas nada. Em todo caso, procede com cautela. Não provoques nenhum rompimento. Se for preciso, deixa de vir aqui algumas semanas ou meses. Contentar-me-á a ideia de saber que vives em paz e feliz. Abençoo-te, Helena, com quanta efusão pode haver no peito do mais venturoso dos pais, a quem a fortuna, tirando tudo, não tirou o gosto de se sentir amado por ti. Adeus. Escreve-me.

– Salvador."

"P.S. Recebi o teu bilhete. Pelo amor de Deus, não faças nada; não saias daí; seria um escândalo."

– E o segredo tem uma história, também cheia de aventuras... – entusiasmou-se Noca.

– Pode resumir para nós? – pediu-lhe Roberta. – Assim, vamos logo para a discussão do desfecho do romance entre Estácio e Helena...

– ... Que, cá entre nós... – quis brincar Cristóvão, mas a cara feia de Gegê, desta vez, o fez se calar. Noca retomou o relato:

– Salvador era filho de um fazendeiro, no Rio Grande do Sul, mas se apaixonou pela filha de um lavrador pobre. O pai não aceitava a união, então Salvador fugiu, carregando a moça. Vieram morar no Rio de Janeiro, e ela teve uma filha, Helena. Viviam na miséria, passando o maior sufoco. Então, Salvador recebeu a notícia de que o pai estava muito doente e que o chamava, querendo perdoá-lo. Salvador foi para o Rio Grande do Sul, deixando a mulher e a filha, e acabou se demorando muito mais do que pensava. Quando retornou, encontrou a casa fechada. Nessa altura, a mãe de Helena e o conselheiro Vale, pai de Estácio, já haviam se conhecido. Ele a colocou numa casa elegante e criou Helena como se fosse sua filha. Salvador, sem recursos, percebeu nessa situação a garantia do futuro de Helena e resolveu se afastar. Mas Helena o viu e correu atrás dele. Tempos depois, a mãe de Helena morreu, e a seguir o conselheiro, que deixou aquele testamento, nosso conhecido. Salvador contou a Estácio que Helena bem que queria revelar tudo, e foi ele que não deixou... sempre nessa de garantir o futuro da filha... Essa é a *ginga* de que você está falando, não é, Roberta?

– Isso mesmo... Imaginem só como ficaram os leitores da época. O Machado fez a gente o tempo todo ficar na tensão. Explorou bem essa história de incesto e, no final, nem incesto era, porque Estácio e Helena não eram irmãos. Acho que foi tudo um truque para usar um ingrediente *proibido*, *perturbador*, sem chocar demais seus leitores.

– Peraí – exclamou Cristóvão. – Foi dessa parte em diante que eu não me entendi mais com a história...

– Como assim? *Não se entendeu...*? – estranhou Roberta.

– Porque eu pensei que tudo ia ficar resolvido agora. Quero dizer... o lance da Helena com o Estácio. Se eles não eram irmãos, não tinha incesto, e acabou-se o problema, certo?

– Certo nada! – discordou Noca. – Quem disse que essas histórias aí do romantismo conseguiam ser descomplicadas!?

– Mas por que ainda tinha de dar tão errado, né...? – replicou um inconformado Cristóvão.

– Vejam aqui o que atormenta Helena... – indicou Noca, pegando o livro e lendo mais um trecho:

> *– Meu coração ficará eternamente grato ao resto de estima que não perdi; a situação mudou, e força é mu-*

dar com ela. Não quero a proteção da lei, nem poderia receber a complacência de corações amigos. Cometi um erro, e devo expiá-lo. Enquanto a vergonha vivia só comigo, era possível continuar nesta casa; eu atordoava-me para esquecê-la; mas agora que é patente, vê-la-ei nos olhos de todos e no sorriso de cada um. Peço-lhes que me perdoem e me deixem ir! Não devera ter entrado, é certo. Expio a fraqueza de um coração que eu me habituara a amar de longe, com o prestígio do mistério e o encanto do fruto proibido. De hoje em diante, amá-los-ei de longe ou de perto, mas estranha... e perdoada!

[...]

– Não posso ser outra cousa a seus olhos, prosseguiu a moça, tristemente. Quem o convencerá de que a declaração de seu pai não foi obtida por artifício de minha mãe? Quem lhe dará a prova de que, cedendo aos rogos de meu pai, não fiz mais do que executar um plano preparado já? São dúvidas que lhe hão de envenenar o sentimento e tornar-me suspeita a seus olhos. Resista quem puder; é-me impossível encarar semelhante futuro!

– E ela sabe do que está falando – prosseguiu a garota. – Vejam, noutro trecho, o breve diálogo entre o padre Melchior e Estácio...

[...] o padre perguntou ao moço:

– Que pretende fazer?

– Não sei ainda.

– Sei eu o que deve fazer: nada.

– Conservar esta situação?

– Decerto. Helena obedeceu à vontade de seus dois pais, aceitando o equívoco em que ambos a vieram colo-

car. Obedeceu à força. Agora, está reconhecida; é um fato que não podemos discutir nem alterar.

Estácio esteve silencioso alguns instantes.

– Mas, posso eu, à vista do que acabamos de ouvir, conservar a Helena um título que rigorosamente lhe não pertence? Helena não é minha irmã, é absolutamente estranha à nossa família; o título que nos ligava, desaparece. Por que motivo continuaríamos nós uma falsificação...

– De seu pai? atalhou Melchior.

– Isso mesmo – observou Roberta. – Sem complicação não tem novela.

– Mas é triste, sim – protestou Felipa, com Noca assentindo de cabeça. – Isso que está separando os dois... está tudo na cabeça deles!

– E Freud ainda nem tinha inventado a neurose... – resmungou Felipa.

– Bem... – emendou Roberta. – Freud não *inventou* a neurose. Ele descobriu alguns segredos sobre essa coisa que existe desde que o mundo é mundo. Quer dizer, sei que hoje paixão e amor são menos enroscados, mas...

Roberta disparou essa última frase sem refletir, mas, quando se deu conta, Noca, Gegê, Cristóvão e Felipa estavam trocando olhares.

– Só que o romantismo sabia muito bem... – disse Roberta, tentando disfarçar seu embaraço, e apertando o ventre, logo abaixo do umbigo – que nossos piores demônios estão justamente *aqui*... dentro da gente... É o que mais nos causa sofrimento. Uma dor... que o romantismo soube representar em seus textos magnificamente... como se eles tivessem inventado o jeito de uma história se tornar, diante de nossos olhos, de uma intensidade quase insuportável, comovente.

[...] Quando D. Úrsula ali foi, meia hora depois, achou-a profundamente abatida; a violência da crise passara. A linguagem que lhe falou, foi maternal, ungida de amor e perdão; Helena ouviu-a agradecida, mas um sorriso descorado e sem convicção lhe entreabria os lábios. Supunha ler comiseração onde havia afeto e respeito, e o orgulho rebelava-se de inspirar o único sentimento que a consciência lhe dizia merecer.

As instâncias de D. Úrsula para que Helena se alimentasse foram inúteis [...]

[...]

Uma vez, como ela descesse à chácara, saiu Estácio a procurá-la [...] Achou-a ao pé do tanque, no lugar em que lhe falara poucos dias antes, sentada no mesmo banco de pau. Vendo-o, estremeceu; ele aproximou-se, contente de a haver encontrado enfim. O dia estava feio; grossas nuvens negras pejavam o ar, túmidas de temporal próximo. Estácio convidou-a a recolher-se.

– Deixe-me estar aqui um instante mais, respondeu ela.

[...]

– Mas pode adoecer...

[...]

Esvaíra-se-lhe o sorriso, e o olhar tornara a ser opaco. Estácio teve medo daquela atonia e concentração; travou-lhe do braço; a moça estremeceu toda e olhou para ele.

– Olha só esse parágrafo agora! – chamou Noca.

A princípio foi esse olhar um simples encontro; mas, dentro de alguns instantes, era alguma cousa mais. Era a primeira revelação, tácita mas consciente, do sentimento que os ligava. Nenhum deles procurara esse con-

tato de suas almas, mas nenhum fugiu. O que eles disseram um ao outro, com os simples olhos, não se escreve no papel, não se pode repetir ao ouvido; confissão misteriosa e secreta, feita de um a outro coração, que só ao céu cabia ouvir, porque não eram vozes da terra, nem para a terra as diziam eles. As mãos, de impulso próprio, uniram-se como os olhares; nenhuma vergonha, nenhum receio, nenhuma consideração deteve essa fusão de duas criaturas nascidas para formar uma existência única.

– Quando eu cheguei aqui – disse Noca –, comecei a adivinhar no que ia dar essa história no final. Mas, eu não queria... Não podia ser!

– É a história envolvendo você, garota! – constatou Roberta. – Fazendo você sentir o que acontece com os personagens lá no seu íntimo. É o que o autor pretende, e usa toda a habilidade dele para construir a cena e conseguir contaminar você.

– Mas ela não tinha de se deixar morrer – disse Noca. – Por que ela está fazendo isso?

– Porque é uma heroína romântica... O sentimento de culpa a transformou de garota alegre em uma pessoa privada de esperanças. A personagem dá uma guinada radical aqui, porque Helena está convencida de que não tem o direito de ser feliz. E o sentimento de culpa matou muitas heroínas das histórias do romantismo. Já disse isso a vocês...

O vento tornara-se mais rijo; uma lufada os despertou, em má hora, porque há sonhos que deviam acabar na realidade do outro século. Estácio ergueu-se; sacudiu valorosamente o torpor da felicidade, e reassumiu o papel que o pai lhe assinara ao pé de Helena. Esta desviou os olhos e cravou-os na água, fascinada e absorta. A ideia do suicídio roçaria deveras sua asa invisível pela fronte da moça? Estácio foi a ela, pegou-lhe nas mãos e convidou-a a sair dali.

– Entremos, disse ele pela terceira vez, olhe que vai chover.

Helena deixou-se levantar; um calafrio percorreu-lhe o corpo todo, e as mãos, que o moço ainda tinha entre as suas, estavam muito mais quentes que o natural.

[...]

Grossos pingos de chuva começavam a rufar nas árvores. Estácio pegou na mão de Helena para conduzi-la à casa. A moça fugiu-lhe, indo colocar-se alguns passos adiante, onde a chuva lhe caía mais em cheio na cabeça nua e no corpo levemente coberto. Quando Estácio, desvairado de terror, correu para ela, Helena afastou-se dele; mas nem seus pés o poderiam vencer nunca, nem lho permitiam agora as forças quebradas por tantas e tão profundas comoções. Ele alcançou-a; estendeu o braço em volta da cintura da moça, dizendo:

– Que capricho é esse? Vamos embora; eu quero que venha comigo para dentro.

[...]

– Deixe-me morrer! murmurou ela.

– Não precisava... – murmurou Felipa. Foi a vez dela de correr os olhos em todos. Gegê baixou a cabeça, ocultando o rosto; Noca estava chorando, calada, fazia tempo; Cristóvão tinha uma expressão de quem via diante de si algo que não conseguia de maneira alguma aceitar que pudesse acontecer no mundo. Felipa repetiu, em voz ainda mais sumida:
– Não precisava...

– Não tem jeito, pessoal... vai acontecer! Machado decidiu que não vai poupar seus leitores desta vez!

Durante sete dias o estado de Helena apresentou alternativas que lançavam na alma dos seus a confiança e a desesperação. [...] Nas horas da razão, falava pouco, não proferia nenhum nome, salvo o de Melchior que ela queria ver junto de si. O capelão obedecia docilmente. Ao pé dela, via-a com pena, mas sem desesperação; primeiramente, porque ele aceitava sem murmúrio os decretos da vontade divina; depois, porque não sabia ao certo se, em tal situação, era a vida melhor do que a morte. Em todo caso, consolava-a.

[...]

Estácio mal ousava entrar na alcova da doente e não podia viver fora dela. Sua aflição era patente. Ele prometia a si mesmo todos os sacrifícios em troca da vida de Helena, espreitava uma esperança no rosto do médico, e interrogava o coração da tia e do padre.

[...]

– Deixe estar, respondeu ela, deixe que eu não morro; estou só muito doente.

[...]

[...] Houve então entre aquelas quatro paredes meia hora de silêncio, interrompido apenas, de quando em quando, pelos movimentos que a doente fazia, como a querer mudar de posição. No fim deste tempo, abriu os olhos e murmurou algumas palavras. Chegou o médico, viu-a e desenganou a família.

Enquanto Melchior dava as ordens precisas para que Helena tivesse os socorros espirituais, Estácio saiu dali, para ir, longe, desabafar o desespero; desceu à chácara, vagou por ela delirante, a soluçar como uma criança, ora abraçado a uma árvore, ora ajoelhado e pedindo a Deus a vida de Helena. O coração do moço não conhecia o fervor religioso; mas a imagem da morte deu-lhe o que a vida lhe levara, e ele rezou, rezou sozinho, sem hipocrisia nem dúvida. [...]

Um escravo veio chamar Estácio à pressa; ele subiu trôpego as escadas, atravessou as salas, entrou desvairado no quarto, e foi cair de joelhos, quase de bruços, junto ao leito de Helena. Os olhos desta, já volvidos para a eternidade, deitaram um derradeiro olhar para a terra, e foi Estácio que o recebeu, – olhar de amor, de saudade e de promessa. A mão pálida e transparente da moribunda procurou a cabeça do mancebo; ele inclinou-a sobre a beira do leito, escondendo as lágrimas e não se atrevendo a encarar o final instante. Adeus! – suspirou a alma de Helena, rompendo o invólucro gentil. Era defunta.

Roberta teve ímpetos de pedir desculpas pelo final da história. Mais curiosa ainda foi a reação da turma. Gegê fechou o livro, com um gesto lento, e o empurrou para o lado, como se ele lhe provocasse enjoo. Mais ou menos foi o que fizeram também os outros três, sendo que Felipa acrescentou um chute no volume, para afastá-lo ainda mais dela. Roberta teve de se esforçar para conseguir falar:

– Bem, tem mais uma coisa ainda para dizer sobre *Helena*... sobre as últimas linhas... Não posso deixar de chamar a atenção de vocês para isso. Lembram-se do doutor Camargo, pai de Eugênia?

– Mas esses dois ainda existem? – reclamou Felipa.

– Puxa – exclamou Noca –, com essa tragédia toda, eu nem tinha reparado na última página... Nossa!

Sozinho com Estácio, o capelão contemplou-o longo tempo; depois, alçou os olhos ao retrato do conselheiro, sorriu melancolicamente, voltou-se para o moço, ergueu-o e abraçou com ternura.

– Ânimo, meu filho! disse ele.

– Perdi tudo, padre-mestre! gemeu Estácio.

Ao mesmo tempo, na casa do Rio Comprido, a noiva de Estácio, consternada com a morte de Helena, e aturdida com a lúgubre cerimônia, recolhia-se tristemente ao quarto de dormir, e recebia à porta o terceiro beijo do pai.

– Camargo – explicou Roberta – dá três beijos na filha durante a história. O primeiro foi logo depois da morte do conselheiro, e nunca tinha beijado Eugênia assim em toda sua vida. O segundo foi mais ou menos na metade do romance, quando estava certo do casamento com o herdeiro do conselheiro Vale. E o terceiro agora...

Noca assentiu de cabeça, entendendo:

– ... Quando a maior ameaça ao tal casamento...

– ... A coitadinha da Helena... – disse Felipa e ninguém completou. A própria Felipa então o fez: – É um grande cretino esse cara!

– Beijo para ele é para comemorar entrada de dinheiro em caixa! – acusou Cristóvão. – Antes, a filha não tinha valor para ele.

– Tudo nu e cru! – murmurou Gegê. – A tal da vida como ela é! Isso é romantismo ou realismo...?

– Pode ser um ou outro – disse Roberta. – Depende do contexto. Um trecho desses e todo o lance dos três beijos poderiam muito bem estar num dos romances que Machado escreveu depois de 1881. Ou pode não ser nem uma coisa nem outra, e ser, isso sim, Machado de Assis... nos fazendo dar uma olhada ali para o lado, fora da cena principal... para encontrarmos algo bem significativo, um relance na alma do Camargo, nos casamentos por interesse da elite de seu tempo, nos valores da sociedade em que ele vivia, enfim...

– Acho esse Camargo um cretino – protestou Cristóvão.

– Até concordo... – ponderou Roberta. – Entretanto, por mais que a gente prefira o amor mais puro e romântico, e finais felizes, continuam existindo cretinos no mundo.

Os quatro resmungaram, bufaram, remexeram-se... E finalmente Roberta anunciou o jantar: sopa de cebola com *croutons*, quiche de cenoura acompanhado de fatias bem finas de presunto de Parma. Depois do jantar, decidiram jogar baralho.

– No computador? – arriscou Gegê. Os outros três olharam para ele, muito cínicos, e já foram se sentando ao redor da mesa.

Felipa fez dupla com Cristóvão; Gegê, com Noca. Como Felipa e Cristóvão estavam mais ocupados em trocar olhares do que em pensar nas cartas que vinham nas mãos deles e nas que descartavam, e como Noca, do mesmo modo, tinha o pensamento muito, muito longe dali, Gegê passou a noite reclamando de todo mundo. Afinal, levantou-se da mesa irritado e foi para o seu quarto. Nenhum dos outros se importou de o jogo ficar inacabado.

• 21 •

O fantasma II

Roberta acordou de repente com o barulho da porta de seu quarto se abrindo. Ela se ergueu na cama, olhos arregalados para a porta, e por um instante nada aconteceu. Então, começou a sentir frio e se envolveu com os próprios braços. Teve a sensação de que alguém atravessava a porta e se aproximava dela. Ao contrário do que imaginaria, não sentiu medo (com medo estava antes, sozinha no quarto escuro). Sentiu também um afago em seus cabelos, que ela conhecia muito bem, uma mão grande alisando-os devagar, e se sentiu então como se fosse pequena outra vez, uma menina de não mais de 7 anos – e aquele era justamente seu quarto no casarão, quando seu avô ainda vivia e ela passava fins de semana lá.

A pequena Roberta sabia que o que estava sentindo, aquela presença tão afetuosa ali, junto dela, era seu vovô. E que ele não queria aparecer, estava escondido. Claro, escondido de um jeito que ela, depois de procurar um pouco, o achava sempre. E o achou também desta vez...

... Porque a escuridão à sua volta se abriu, e ela viu o rosto sorridente do avô. E se viu também, correndo em volta dele, às gargalhadas. E ele, grande, alto, fazendo o papel de

Gigante, fingindo que tentava agarrá-la, gritando que ia morder a "Pequerrucha", que ia pendurá-la no céu, que ia transformá-la em cometa... E ela ria e corria, ria e corria...

Mas, de repente, tropeçou. Então sentiu a dor da pancada no joelho, berrou, veio o choro, mas logo se viu recolhida, suspensa no ar, e ele, o Vovô-Gigante, carinhosamente a acolhendo, como se fosse um ninho, e lhe dando um beijo no joelho, que fazia a dor passar, e depois olhando bem nos olhos úmidos dela, no rosto com expressão machucada, e olhando de um jeito que ela se alegrava e logo se contorcia toda para começar a rir e a correr outra vez.

Tudo isso ela viu, naquele instante em que sentiu a presença do avô.

E ela bem que quis lhe perguntar se ele andava bancando a assombração ultimamente.

Mas não precisou. Compreendeu na hora que casas antigas são habitadas naturalmente (e não sobrenaturalmente) por suas lembranças, que fazem a madeira estalar e as paredes murmurarem... E que pesadelos não surgem de outro lugar que não o mesmo em que se debatem nossas dúvidas.

E quando teve a certeza disso, simplesmente se entregou à sua sensação, àquela presença familiar que a acarinhava... o conforto do olhar do avô, que ela conhecia tanto e que sempre a estimulou a buscar o que quisesse da vida.

Era o que aquele olhar lhe transmitia.

E jamais poderia sentir medo com aquele olhar sobre ela...

Sobre ela... não era mais o olhar do avô, agora. Era o luar passando através da janela. E ela não estava sentada na cama, mas enroscada em seu lençol. E a porta do quarto não estava aberta.

Havia uma dor. Uma dor sem lugar. Nem forte nem fraca. Mas ela sentiu também que já ia sumindo. Lembrou de novo o beijo do avô, o olhar dele, e adormeceu.

• 22 •

Desregrados

Lá no seu quarto, Gegê não tirava da cabeça o sofrimento todo de Helena e Estácio... E vez por outra sentia um arrepio, uma cãibra no estômago, como se uma pasta gelada o invadisse... "A gente sofrer tanto assim... tanto de querer morrer... Vale a pena isso? Vale?"... Então, sentia raiva. Uma raiva lá de dentro que nascia sem nome, sem rosto, nem destino, mas que ora botava uma máscara e ficava parecendo com a tal garota de seus desamores, ora com Noca, ora com Felipa, ora com Cristóvão... até para a Roberta sobrou... O garoto ficou horas rolando na cama, sem conseguir pegar no sono, com perguntas perseguindo-o para todo lugar onde ele tentou se esconder.

Já noutro quarto, estava Noca, sem máscara, a Noca mesmo, nada virtual, que havia finalmente concluído seu e-mail, e bem nesse momento havia se decidido a clicar o *enviar*. Daí, sentiu um arrepio, medo, mas um medo diferente... E nessa o e-mail já havia se desprendido. Um e-mail que dizia assim:

"Olá. Sei que você esperava que eu não escrevesse nunca mais para você. Ainda mais este e-mail, que é mais carta do que e-mail de tão comprido que é, e já estou escutando você reclamar, quando ler este pedaço: 'Carta? Que coisa antiga!'. Pois é, mas resolvi escrever à antiga, por extenso, sem ícones nem códigos, para ver se digo o que eu preciso dizer a você. Portanto, se prepara para ler, por favor, porque eu já sei que vou escrever à beça, e nem tudo vai estar bem-arrumado, tá? Mas é atrapalhado mesmo, quer dizer, vou ter de escrever do jeito que eu posso, senão, não escrevo nada. Por favor, você lê?

"Sei que você ficou desapontado comigo, danado da vida mesmo, e dou toda a razão. Eu prometi que ia terminar com o..., que ia ficar com você, e acabou que eu não fiz nada, nada... Deixei correr e nessa... perdi você e me perdi, entende? Sei que você entende. A gente conversou pouco, eu falei pouco de mim, escutei menos ainda de você, mas sei que, de alguma maneira, você entende.

"Olha, nesses últimos dias, eu mudei. Sei que você vai duvidar e tem razão de duvidar, mas é que eu tenho conversado muito sobre rolos de namoros, paixões e afins com um pessoal que conheci faz pouco tempo, quer dizer, o pessoal não são bem pessoas, são uns livros que eu fui ler depois que a gente deixou de se ver. Quer dizer, de novo, fui ler porque vinha para cá, e depois eu explico melhor, tá? O que eu queria dizer...

"... O que eu quero mesmo dizer é: você ainda quer namorar comigo? Não repare eu perguntar assim meio direto. Você quer?

"Porque eu quero muito e, então, se você me der outra chance...".

E o e-mail da Noca ia e vinha mais um pouco, até que ela escreveu seu nome embaixo. Ficou mais uns minutos olhando seu nome verdadeiro, escrito, e ora ele lhe parecia estranho, ora lhe dava uma espécie de saudade vaga (que vagava por aí, vagamente vagando...). Mas acabou resolvendo que não adiantava compreender coisa nenhuma. Tinha lá essas coisas, brigando umas com as outras, dentro dela. Era seu jeito de ser, e como ela era no mundo... E pronto!

Quando clicou o *enviar* foi com convicção. Uma convicção que sabia ser do momento, mas que, na hora, serviu para o gasto.

Já Cristóvão e Felipa somente dormiam. Um sonhando com o outro.

No placar da *operação*, se alguém o fosse fazer, havia agora somente um desamado e três amorudos... ou *desregrados*, como logo começariam a se chamar.

E assim passou a noite.

• 23 •

Estela, Estrela...

Alguma coisa escapa ao naufrágio das ilusões.
(Machado de Assis, *Iaiá Garcia*, 1878)

A turma decidiu (Gegê foi o único voto contra) que Roberta ia introduzir este romance com algumas *provocações*:

– Em 1877, morreu José de Alencar, de tuberculose, aos 48 anos. Era até então o grande nome da literatura brasileira, embora nos últimos tempos estivesse dividindo as atenções do público com esse autor que, dez anos mais novo, publicava seu quarto romance, Machado de Assis.

– O Alencar era amigo do Machado, não era? – quis confirmar Cristóvão.

– Era, sim – disse Roberta. – Além disso, Alencar foi uma grande influência para Machado, mas isso já é outra história... Ao seu modo, Alencar também foi um inovador, que trouxe para o romantismo novas perspectivas, principalmente nos romances urbanos, seus perfis de mulher, como em *Lucíola* e *Senhora*, que Machado soube ler como ninguém. No mesmo ano, outro escritor de renome, Inglês de Sousa, publicava *O coronel sangrado*, que há quem aponte como o primeiro romance naturalista brasileiro. É nessa companhia que surge *Iaiá Garcia*...

– Tem umas horas que achei o texto menos... menos enfeitado do que nos outros... – comentou Noca.

– Isso mesmo... Há passagens em que Machado se afasta um pouco do estilo romântico. Olhem por exemplo esta descrição de um dos personagens principais, Luís Garcia...

> *A vida de Luís Garcia era como a pessoa dele – taciturna e retraída. Não fazia nem recebia visitas. A casa era de poucos amigos; havia lá dentro a melancolia da solidão. Um só lugar podia chamar-se alegre; eram as poucas braças de quintal que Luís Garcia percorria e regava todas as manhãs. Erguia-se com o sol, tomava o regador, dava de beber às flores e à hortaliça; depois recolhia-se e ia trabalhar antes do almoço, que era às oito horas. Almoçado, descia a passo lento até à repartição, onde, se tinha algum tempo, folheava rapidamente as gazetas do dia. Trabalhava silenciosamente, com a fria serenidade do método. Fechado o expediente, voltava logo para casa, detendo-se raras vezes em caminho. Ao chegar a casa, já o preto Raimundo lhe havia preparado a mesa – uma mesa de quatro a cinco palmos, – sobre a qual punha o jantar, parco em número, medíocre na espécie, mas farto e saboroso para um estômago sem aspirações nem saudades. Ia dali ver as plantas e reler algum tomo truncado, até que a noite caía. Então, sentava-se a trabalhar até às nove horas, que era a hora do chá.*
>
> *Não somente o teor da vida tinha essa uniformidade, mas também a casa participava dela. Cada móvel, cada objeto, – ainda os ínfimos, – parecia haver-se petrificado.*

A cortina, que usualmente era corrida a certa hora, como que se enfadava se lhe não deixavam passar o ar e a luz, à hora costumada; abriam-se as mesmas janelas e nunca outras. A regularidade era o estatuto comum. [...]

[...]

[...] Raimundo, posto fosse o único servidor da casa, sobrava-lhe tempo, à tarde, para conversar com o antigo senhor, no jardinete, enquanto a noite vinha caindo. Ali falavam de seu pequeno mundo, das raras ocorrências domésticas, do tempo que devia fazer no dia seguinte, de uma ou outra circunstância exterior. Quando a noite caía de todo e a cidade abria os seus olhos de gás, recolhiam-se eles a casa, a passo lento, à ilharga um do outro.

– Acho que estou percebendo... – disse Felipa – nas descrições mais românticas, os adjetivos são... o personagem principal... Dá pra dizer assim, Roberta?

– Achei bem esperto! – estimulou Roberta.

– E aqui – completou seu raciocínio Felipa – são os substantivos... coisas da casa, do dia a dia do tal Luís Garcia...

– E isso combina bem com a ideia de simplicidade... de rotina – disse Noca. – Imagine fazer o perfil de um personagem desses numa linguagem abusada...

Noca lançou um olhar para Roberta, buscando aprovação, mas Roberta soltou uma risada e abriu os braços:

– Quem sou eu para ficar de fiscal do jeito de dizer dos outros? Estou achando ótimo... Agora, que tal a gente comparar com o perfil da Estela, que se vê apaixonada por Jorge?

[...] que sentia ou que pensava Estela? Estela amava-o. No instante em que descobriu esse sentimento em si mesma, pareceu-lhe que o futuro se lhe rasgava largo e lumi-

noso; mas foi só nesse instante. Tão depressa descobriu o sentimento, como tratou de o estrangular ou dissimular, – trancá-lo ao menos no mais escuro do coração, como se fora uma vergonha ou um pecado.

"Nunca!", jurou a si mesma.

Estela era o vivo contraste do pai, tinha a alma acima do destino. Era orgulhosa, tão orgulhosa que chegava a fazer da inferioridade uma auréola; mas o orgulho não lhe derivava de inveja impotente ou de estéril ambição; era uma força, não um vício, – era o seu broquel de diamante, – o que a preservava do mal [...]

– Pode até ser menos *firulado* do que a linguagem dos romances anteriores... – disse Noca. – Mas é bem mais do que a do perfil do Luís Garcia. Olha... vou arriscar uma coisa...

– Arrisca mesmo, amiga! – entusiasmou-se Felipa.

– Quem sabe o Machado variava de estilo, pelo menos um pouco, para combinar com o personagem? Então, não tinha tanto a ver com a escola literária da moda, nem com romantismo nem com realismo, mas com a impressão que ele queria deixar na gente sobre o personagem. No caso da Estela...

– ... Que eu achei uma personagem muito mais importante na história do que a filha do Luís Garcia, a Iaiá Garcia... – intrometeu-se Cristóvão.

– Apoiado! – disse Felipa.

– Pois é, no caso da Estela, ele já está preparando ela para a gente. Ela vai ser a tal heroína romântica da história, né? Olha só a encrenca já sugerida... *amor X orgulho*...!

– Muito boa essa, mas, insistindo nessa de história da literatura... Em março de 1880, Machado iniciou a publicação, na *Revista Brasileira*, de *Memórias póstumas de Brás*

Cubas, que seria considerado a abertura da sua Segunda Fase. O livro começou a surgir numa viagem que fez a Nova Friburgo, no interior do Rio de Janeiro, entre 1878 e 1879. Como estava sofrendo de problemas na vista, ditou os primeiros capítulos à sua esposa, Carolina. Ora, 1878 é justamente o ano em que lançaria *Iaiá Garcia*. E nessa época já havia publicado alguns dos contos que ele ia reunir em *Papéis avulsos*, que é considerado o marco de estreia na chamada Segunda Fase, no gênero contos. Quer dizer... houve um intervalo muito maior entre esse romance e o seguinte, que foi *Quincas Borba*, publicado em 1891, do que entre o último da tal Primeira Fase e a *ruptura* que o levou aos romances posteriores. Enfim...

Três cabeças balançaram em assentimento. Gegê foi o único a protestar:

– Só quero ver o que vai acontecer com a minha nota, se eu responder numa prova que esse negócio de Primeira e Segunda Fase de Machado é besteira, sabe, Roberta?

– Mas eu não estou dizendo que é besteira... Há diferenças enormes entre *Iaiá Garcia* e companhia e o *Memórias póstumas de Brás Cubas*, assim como há muitos pontos em comum entre este e os romances que vieram depois. Mas, da mesma maneira que *Memórias póstumas* é um caso à parte, e Machado depois não escreveu nada parecido, há muitos pontos de contato entre os romances da década de 1870 e os que vieram depois. No mínimo, a tal ruptura não foi *total*.

Roberta tomou fôlego e passou os olhos por todos, para ver como seus argumentos assentaram, e depois prosseguiu:

– Talvez a única besteira seja chamar os romances dessa Segunda Fase de realistas. Machado não só rejeitou o realismo, explicitamente, como, nesses romances, combinou ingredientes de várias correntes literárias. Também não dá para negar que *Iaiá Garcia* é uma história muito mais chegada ao romantismo do que *A mão e a luva*, por exemplo, mesmo sem ser tão folhetinesca quanto *Helena*. Mas é curioso que haja passagens de ironia *à la* Machado em *Iaiá Garcia* que bem poderiam estar em qualquer dos romances que ele escreveu a partir da década seguinte. Uma delas é sobre o pai de Estela, que esperava que a filha fosse incluída no testamento do desembargador que protegia a família e que morre por conta do rompimento de um aneurisma. Mas...

> *[...] O Sr. Antunes recebeu dois golpes em vez de um: o de o ver morrer, e o de o não ver testar. Os aneurismas têm dessas perfídias inopináveis. [...]*

– Noutro momento, há uma discussão entre a personagem Valéria e Luís Garcia...

> *– Não diga isso, tornou Valéria. Iaiá está quase moça, vai deixar o colégio. O senhor vive só, e, tendo de dar companhia à sua filha, é melhor que lhe dê uma madrasta.*
>
> *Luís Garcia abanou resolutamente a cabeça.*
>
> *– Não tenho vocação para o casamento, disse ele depois de uma pausa; minha verdadeira vocação é o celibato.*
>
> *– Foi por isso que enviuvou?*

– É engraçado mesmo! Ela pegou o Luís Garcia no contrapé – concordou Noca. – Ainda mais que essa Valéria não tem nenhum senso de humor. Só quer mandar em todo mundo e por isso...

– Será que agora a gente pode ir pro resumo da história? – bufou Gegê. – Nessa zorra, ninguém vai discutir nada que preste.

Por alguns instantes, todos ficaram olhando para Gegê, meio espantados, meio ressentidos com o tom de voz dele. Mas, depois de vacilar um pouco – "Mas logo eu, ex-madame Azedinha, que adorava uma briga, tenho que apagar incêndio aqui?" –, Felipa cortou o clima e começou a apresentar a história:

– Bom, como já foi dito, Estela não é a personagem que dá título ao livro, mas o papel dela na história é bem mais importante do que o da Iaiá Garcia... É com ela que começa a trama, ou melhor, quando a viúva do tal desembargador, Valéria, convoca o Luís Garcia para sua casa, anunciando que precisava de conselhos e favores. Ora, o Luís Garcia, discreto como era, não gostava de dar conselhos a ninguém. E ia gostar menos ainda do favor pedido pela viúva, quando soubesse o que era...

• 24 •

Quiproquós...

Felipa estava se divertindo no papel de *apresentadora*...

– Já vi que toda trama romântica dessa época tinha essa coisa... (Trouxe uma palavra para uma participação especial na nossa discussão, diretamente de um dicionário aqui da biblioteca... Isso mesmo! Eu, Felipa, consultei um dicionário *on-papel*! Atenção, senhoras e senhores! Língua pra fora pra todos aqui)... essa coisa de *quiproquós* (“*Arrasei!*”) amorosos... Aqui, é o seguinte... Está rolando o ano 1866, bem na Guerra do Paraguai, em que o Brasil está metido. Essa Valéria é uma viúva rica, que tem um filho, Jorge, que, para variar, é *daquele* tipo...

Valéria acertava quando dizia não achar no filho nenhum amor à profissão de advogado. Jorge sabia muita coisa do que aprendera: tinha inteligência pronta, rápida compreensão e memória vivíssima. Não era profundo; abrangia mais do que penetrava. Sobretudo, era uma inteligência teórica; para ele, o praxista representava o bárbaro. Possuindo muitos bens, que lhe davam para viver à farta, empregava uma partícula do tempo em advogar o menos que podia – apenas o bastante para ter o nome no portal do escritório e no almanaque de Laemmert. Nenhuma experiência contrastava nele os ímpetos da juventude e os arroubos da imaginação. A imaginação era o seu lado fraco, porque não a tinha criadora e límpida, mas vaga, tumultuosa e estéril. Era generoso e bom, mas padecia um pouco de fatuidade, que lhe diminuía a bondade nativa. Havia ali a massa de um homem futuro, à espera que os anos [...] lhe dessem fixidez ao caráter e virilidade à razão.

– É... mais um! – resmungou Noca. – Só para variar!

– E o famoso quiproquó é o seguinte... – retomou Felipa – Valéria está percebendo que seu filho e a moça que ela abriga em casa, Estela, têm uma quedinha um pelo outro. Só que não aprova esse casamento de jeito nenhum. Ela até gosta muito da Estela, mas a moça é pobre, vem de origem humilde, e a dona Valéria pode ser generosa, mas somente até certo ponto. Daí, ela está decidida... O único jeito que imaginou de afastar Jorge de Estela foi forçar a barra para o filho se alistar como soldado na Guerra do Paraguai. Bem, ela está achando que a guerra vai acabar logo... e vai estar enganada nisso... e que o filho, indo pra lá como oficial de boa família, talvez esteja seguro... Prefere esse risco a ver Jorge se casar com Estela. A viúva é muito armadora... Não fala para o Luís Garcia o verdadeiro motivo por que quer mandar o filho para a guerra, e pede a ele, como amigo antigo da família, que convença Jorge a se alistar... O que o tal filho da viúva mandona não quer fazer de jeito nenhum. Finalmente, Jorge faz a maior besteira...

Estela baixou silenciosamente a cabeça e buscou dar outra volta para entrar na sala ao pé; Jorge, porém, interceptou-lhe de novo o caminho.

– Deixe-me passar, disse ela sem cólera nem súplica.

Jorge recuara até a porta, única das três que estava aberta. Era arriscado o que fazia; mas, além de que Valéria e o mestre estavam no pavimento superior, – ele ouvia-lhes os passos, – perdera naquela ocasião toda a lucidez de espírito. Era deserto o lugar, e naturalmente seria longo o tempo de que poderia dispor para lhe dizer tudo. Mas os lábios ficaram cerrados alguns instantes, enquanto os olhos diziam a eloquência da paixão mal contida e prestes a irromper.

[...] Cravando os olhos em Estela, disse com voz trêmula, mas imperiosa:

– Não há de sair daqui, sem me dizer se gosta de mim. Vamos; responda! Não sabe o que lhe pode custar o silêncio?

Não obtendo resposta, continuou depois de alguma pausa:

– É animosa! Saiba que posso vir a odiá-la e que talvez a odeio; saiba também que posso tirar vingança de seus desprezos, e chegarei a ser cruel, se for necessário.

Estela suspirou apenas, e foi encostar-se ao parapeito, a olhar para a chácara. Era sua intenção não irritá-lo, com a resposta seca e má que lhe ditava o coração, e esperar que Valéria descesse. Entretanto, na posição em que ficara tinha as costas voltadas para Jorge, circunstância que não era intencional, mas que pareceu a este um simples meio de lhe significar o seu desdém. A irritação de Jorge foi grande. Após uns dois ou três minutos de silêncio, Jorge caminhou na direção do parapeito, onde estava Estela, com a cabeça inclinada, a beijar a cabeça dos pombos, que tinha encostados ao seio. [...]

[...]

– Por que há de gastar, com esses animais, uns beijos que podem ter melhor emprego?

Estela estremeceu toda e ergueu para o moço uns olhos que fuzilavam de indignação. Já não estava pálida, mas lívida. Estupefata, não sabia que dissesse ou fizesse, e infelizmente não sabia também que a pergunta de Jorge, por mais ofensiva que lhe parecesse, não era ainda a máxima injúria. Não era; Jorge tinha uma nuvem diante de si, através da qual não podia ver nem o seu decoro pessoal nem a dignidade da mulher amada; via só a mulher indiferente. Lançou-lhe as mãos na cabeça, puxou-a até si e antes que ela pudesse fugir ou gritar, encheu-lhe a boca de beijos.

[...]

Estela sufocara um gemido e cobrira o rosto com as mãos. Ouviam-se as vozes de Valéria e do mestre, que se aproximavam; Jorge teve um instante de incerteza e hesitação [...]

– Aí vem mamãe, disse ele baixinho a Estela; não tive culpa no que fiz, porque gosto muito da senhora.

– Jorge irá se arrepender muito depois – falou Felipa, lamentando. – Para começar, Estela vai deixar a casa da mãe dele. E mais, para uma durona como a Estela, não adiantava nem mostrar a ela que estava disposto a sacrificar a própria vida, se ela não o aceitar. Jorge acaba mesmo indo para a guerra.

Poucos dias depois operou-se a marcha de Tuiuti a Tuiu-Cuê, a que se seguiu uma série de ações e movimentos, em que houve muita página de Plutarco. Só então pôde Jorge encarar o verdadeiro rosto à guerra, a cujo princípio não assistira; figurou em mais de uma jornada heroica, correu perigos, mostrou-se valoroso e paciente. O coronel adorava-o; sentia-se tomado de admiração diante daquele mancebo, que combatia durante a batalha e calava depois da vitória, que comunicava o ardor aos soldados, não recuava de nenhuma empresa, ainda a mais arriscada, e a quem uma estrela parecia proteger com suas asas de luz.

Notou ele uma vez, em um dos combates mortíferos de dezembro de 1868, ano e meio depois da carta de Luís Garcia, que a temeridade do mancebo parecia ir além dos limites do costume, e que em vez de um homem que combatia, era ele um homem que queria morrer. A fortuna salvou-o. [...]

– Lutou que nem um maluco – disse Cristóvão, ajudando Felipa. – Acabou condecorado como herói e promovido... E duas coisas importantes acontecem...

– Mais duas peripécias... – emendou Felipa.

– ... Ou quiproquós... ou reviravoltas... – brincou Noca.

– Valéria consegue casar Estela com Luís Garcia, para afastar de vez o perigo. Mas morre logo depois...

Se só a contragosto viera para a guerra, não é menos certo que esta o cobrira de louros, e que ele os quisera depositar no regaço de Valéria. O destino decidiu por outro modo, como se quisesse contrastar cada um de seus favores fazendo-lhe sangrar o coração.

No fim de outubro volveu ao Rio de Janeiro. Tinham passado quatro anos justos. Penetrando a barra e descortinando a cidade natal, Jorge comparava os tempos, as angústias e as esperanças da partida com a glória e o abatimento do regresso. Não se sentia feliz nem infeliz, mas nesse estado médio, que é a condição vulgar da vida humana. Comparava-se ao mar daquela manhã, nem borrascoso nem quieto, mas levemente empolado e crespo, tão prestes a adormecer de todo, como a crescer e arremessar-se à praia. Que aragem sonolenta ou que tufão destruidor viria roçar por ele a asa invisível? Jorge não o perscrutou. Trazia os olhos no passado e no presente; deixou ao tempo os casos do futuro.

– Tem um lance aqui que diz muito pra gente quem é Estela – lembrou Roberta. – A viúva Valéria deu de presente para a moça uma soma em dinheiro, que seria seu dote. Dote é algum bem ou principalmente dinheiro que toda moça de boa família trazia para o patrimônio do novo casal. É claro que Estela não tinha dote nenhum, porque seu pai não poderia dá-lo. A reação da moça ao presente da viúva é curiosa...

Estela ouviu daí a meia hora a notícia da generosidade da viúva, que o pai se apressou a ir dar-lhe, e, contra a expectação deste, ouviu-a calada e severa. Não achando a explosão de alegria que esperava, o Sr. Antunes abanou desanimado a cabeça.

– Não te entendo, filha! replicou ele. Hás de dizer o que é que queres ser neste mundo. Não és rica, nem menos que rica; não tens a menor esperança no futuro. Eu não te posso deixar nada, porque nada tenho. Há uma senhora, que te estima, que te faz um benefício, e tu recebes isto como se fosse uma injúria.

A observação do pai chamou a filha à realidade da situação.

– Papai sabe que não sou de muito riso, disse ela; pode ficar certo de que me alegrou muito a notícia que me deu.

Não alegrou nada. Nunca lhe pesara tanto a fatalidade da posição. [...]

– Mas que rígida essa Estela! – interveio Noca. – Acho ela uma chata!

– Só porque ela tem princípios? – cortou Gegê, irritado.

Todos olharam para ele. Nem tanto pelo que ele disse. O caso é que Gegê estava agindo cada vez mais estranho... como se adivinhasse que era o único ali que não fora *desregrado*, depois daqueles dias de leituras e discussões sobre rolos amorosos... Gegê tinha *ficado de fora*, e devia estar sentindo um clima esquisito. A questão era se ele é quem estava criando esse clima, ou os outros. Roberta, por seu lado, que não sabia das complicações da *operação*, é que já estava ficando cheia daquelas agressões entre eles.

– Gegê...! – argumentou Noca, com toda a delicadeza. – A moça quer sentir orgulho de não ter nada no mundo... Assim também não, né?

– Eu acho que vocês estão muito enganados... Ela é durona mesmo... Porque não deixa que os outros façam pouco dela.

– Mas é uma exagerada! – reclamou Noca. – E olha só o que aconteceu entre ela e o Jorge... Ela também amava o cara, e os dois acabaram separados, e ela se casando com o Luís Garcia, de quem não gostava. Olha como descrevem o casamento...

[...] A vida conjugal é tão somente uma crônica; basta-lhe fidelidade e algum estilo. Conquanto houvesse algumas semelhanças entre ambos, havia também diferenças, mas Estela podia fiar do tempo, que ajusta os contrastes. E, não obstante, se o marido era aceitável, não lhe parecia que fosse possível. A gravidade exterior como que o rodeava de uma atmosfera impenetrável. [...]

[...] Entre eles, o casamento não era a mesma coisa que costumava ser para outros; nada tinha das alegrias inefáveis ou das ilusões juvenis. Era um ato simples e grave. E foi o que Estela lhe disse a ele, no dia em que trocaram reciprocamente as primeiras promessas.

– Creio que nenhuma paixão nos cega, e se nos casarmos é por nos julgarmos friamente dignos um do outro.

– Uma paixão de sua parte, em relação à minha pessoa, seria inverossímil, confessou Luís Garcia; não lha atribuo. Pelo que me toca, era igualmente inverossímil um sentimento dessa natureza, não porque a senhora não pudesse inspirar, mas porque eu já o não poderia ter.

– Tanto melhor, concluiu Estela; estamos na mesma situação e vamos começar uma viagem com os olhos abertos e o coração tranquilo. Parece que em geral os casamentos começam pelo amor e acabam pela estima; nós começamos pela estima; é muito mais seguro.

– Não é estranho? – disse Noca. E bem pensativa, concluiu: – Ela está se protegendo. O casamento com o Luís Garcia é para fugir da tentação do Jorge. Está vendo o que a retranca da Estela aprontou?

– Foi culpa dela, por acaso? – disparou Gegê.

– Mais ou menos! – replicou Noca, já com certa irritação.

Gegê estava tão vermelho, que Felipa, pondo em ação sua nova habilidade de *apagadora de incêndios*, se meteu na conversa, antes que descambasse feio, e disse:

– Bem, voltando à história, a coisa vai se complicar. Luís Garcia vai ficar doente, e acaba morrendo. Ele pede a Jorge que tome conta da filha, Iaiá Garcia... que aliás o acha insuportável... e de Estela, que está perturbadíssima com essa história. Só que as pirraças da Iaiá contra Jorge não impedem o sujeito de se apaixonar por ela. Iaiá é bem-humorada, geniosa... Numa hora, só de brincadeira, fala a uma amiga de Jorge como seu "noivo". E é disso que ele se aproveita, para vencer a timidez, e deixa um bilhete para a garota, dentro de um livro:

> *[...] "A senhora deu-me uma vez um título que eu esperei viesse a ser verdadeiro. Diga se me enganei, se o céu lhe destinou outro noivo, ou se meu coração pode ter ainda uma esperança. Não lhe custará muito; não custa muito uma simples palavra".*
>
> *Enquanto ela lia rapidamente estas linhas, e tornava-as a ler, Jorge afastou-se até à sala da frente. A carta era das que não permitem a presença do autor; precisam do prestígio da ausência; são, para assim dizer, expressões truncadas que a imaginação perfaz e amplia. Jorge ia a sair, quando ouviu o rumor dos passos de Iaiá; deteve-se a esperar a resposta. A moça parou diante dele, e entre ambos houve um momento de silêncio e hesitação.*
>
> *– Cego! disse enfim Iaiá estendendo-lhe as mãos com um ar de simplicidade e confiança.*
>
> *Jorge recebeu-as nas suas, e a linguagem que a alma não quis confiar ao lábio do homem, eles a disseram com os olhos, durante alguns minutos largos. Jorge perguntou finalmente: – É certo? ama-me? – Iaiá cingiu-lhe o pescoço com os braços, e inclinou a cabeça com um gesto de submissão. Jorge inclinou-se também, e nos cabelos, – nos fios de cabelo, que lhe pendiam na testa, pousou o mais puro e fugitivo dos beijos. Ao contato daquele lábio, Iaiá enrubesceu e estremeceu toda; mas não fugiu, não retirou os braços; deixou-se ficar subjugada e feliz.*

– Toda gracinha essa descrição da cena – sorriu Noca.

– Ele nem falou com ela, escondeu um bilhete onde ela ia logo achar...

– Pois eu acho que se um cara agisse assim com qualquer garota hoje em dia, ela ia chamar ele de otário – resmungou Gegê.

– Hum... – resmungou Felipa. – Você tá muito enganado!

Os dois trocaram um olhar afiado e pontiagudo.

– Ainda vai ter um intrigante na jogada – retomou Cristóvão, também entrando na posição de *apagador de incêndios*. – Um tal de Procópio Dias, que acaba contando para Iaiá Garcia da paixão de Estela e Jorge. Mais mal-entendido amoroso, mais quiproquó... A garota fica tão confusa que termina o noivado. Ela e Estela têm uma conversa definitiva...

– Não posso casar, porque a senhora gosta dele.

– E é verdade – reforçou Noca. – Quer dizer, eu acho que a Estela ama mesmo o Jorge. Só que, além de não perdoar nunca quem vacila com ela, a Estela é meio recalcada com essa coisa da pobreza dela, olha só...!

– [...] se alguma razão tens para crer que amo esse homem, é necessário mostrar-te a realidade das coisas.

Estela abriu duas ou três gavetinhas da secretária, e depois de alguma busca entre os maços de cartas que aí encontrou, tirou uma, abriu-a e deu-a à enteada. Iaiá recebeu-a com as mãos trêmulas de curiosidade; leu-a toda; devia ser a mesma que o pai mostrara à madrasta.

– Essa moça era a senhora? murmurou ela como se ainda esperasse resposta negativa.

– Era eu.

Iaiá deixou-se cair numa cadeira rasa, a mesma em

que Estela estivera sentada, quando ouviu a confidência do marido.

– Vês? disse Estela; foi por mim que ele fez o sacrifício de ir para a guerra, sem esperança de ser retribuído nem de contar um dia com a minha gratidão. Foi para a guerra, lutou, padeceu, fiel ao sentimento que o tinha levado, até o ponto de o crer eterno. Eterno! Sabes quanto durou essa eternidade de alguns anos. É duro de ouvir, minha filha, mas não há nada eterno neste mundo; nada, nada. As mais profundas paixões morrem com o tempo. Um homem sacrifica o repouso, arrisca a vida, afronta a vontade de sua mãe, rebela-se, e pede a morte; e essa paixão violenta e extraordinária acaba às portas de um simples namoro, entre duas xícaras de chá...

– A senhora não o amou nunca? interrompeu Iaiá, ao sentir o tremor e o despeito com que a madrasta proferira as últimas palavras.

– Havia entre nós um fosso largo, muito largo, disse Estela. Eu era humilde e obscura, ele distinto e considerado; diferença que podia desaparecer, se a natureza me houvesse dado outro coração. Medi toda a distância que nos separava e tratei simplesmente de evitá-lo. Foi então que ele embarcou; interiormente aprovei-o. Talvez lhe não neguei um pouco de compaixão silenciosa, mas nada mais. Casamento, entre nós, era impossível, ainda que todos trabalhassem para ele; era impossível, sim, porque o consideraria uma espécie de favor, e eu tenho em grande respeito a minha própria condição. Meu pai já me achava, em pequena, uns arremessos de orgulho. Como querias tu que, com tal sentimento, pudesse desposar um homem, socialmente superior a mim? Era preciso dar-me outra índole. Todas as felicidades do casamento achei-as ao pé de teu pai. Não nos casa-

mos por amor; foi escolha da razão, e por isso acertada. Não tínhamos ilusões; pudemos ser felizes sem desencanto. [...]

– Taí... – refletiu Felipa. – Tá certo que tô começando a pensar que é preciso botar um pouco a razão de tempero da paixão... Mas essa moça é demais, né?

– É... – concordou Cristóvão. – Pode ter dado certo para ela, mas... Bem, é uma personagem um bocado estranha, sabe? Parece que tem um medo de se machucar que não deixa ela arriscar nada.

– Cada um sabe até onde pode ir... – refletiu Noca. – Mas que eu também acho essa garota meio complicada demais, acho, sim!

– Porque é uma heroína romântica que não acredita no amor – entusiasmou-se Roberta. – Claro que isso é raro! É como se ela tivesse decidido, depois daquela cena dos pombos e do beijo roubado, que não queria mais amar ninguém, que era perigoso... Amor? Tô fora!

Os três amorudos desregrados e o desamado restante arregalaram os olhos, como se alguém tivesse lido no rosto deles um segredo...

– Olha só o que ela falou sobre essa ideia do *amor eterno*... – continuou Roberta. – Machado vai voltar a esse tema naquele conto que a gente viu, "Eterno!", publicado vinte anos depois. Quer dizer... se ele vai deixar a concepção de mundo e de sentimentos do romantismo para trás, para compor os quiproquós amorosos de seus contos e romances posteriores, esse questionamento já está dentro dele. Aliás, estava lá fazia tempo, né? Até esse lance da diferença social entre Estela e Jorge... No ideal romântico do amor, nada é mais importante do que o sentimento. Mas, nesta história, é o desnível de posses entre os dois que acaba separando-os.

– De novo... pão, pão, queijo, queijo... – observou Cristóvão. – Amor bem realista!

– ... Que é diferente de termos aqui um romance do realismo, uma orientação com características próprias, que aliás Machado não apreciava.

– Bem – cortou Felipa. – Jorge e Iaiá Garcia se casam. Mas é o final de Estela que me deixa... sei lá... triste...

– Então... ela parte para o interior, vai dirigir um colégio... – disse Roberta. – O final do romance pra mim não sugere que ela tenha ficado com amarguras da vida... Mas ficou bem sozinha, até por opção...

– Ou por fuga... – disse Cristóvão, agarrando, sem sentir, a mão de Felipa.

– Você tem razão... por fuga... – murmurou Roberta, pensando alto – por medo... para evitar se decepcionar... até consigo mesmo... Tem gente assim, né? Que nunca entra na briga... que foge quando começa a se sentir tocado!

Por um instante, Cristóvão e Felipa ficaram ali esquecidos do mundo, se acarinhando. Noca abriu um sorriso achando a cena uma delícia e já louca de vontade de abrir o computador e ver se seu e-mail da noite anterior tinha sido respondido.

Foi então que deram com Gegê. O rosto roxo de raiva, tremendo todo, se levantando das almofadas e se atirando em cima de Cristóvão:

– Seus traidores! – berrou o garoto.

– Ficou maluco, cara? – gritou Felipa, saltando de lado para escapar do bote.

E todo mundo começou a gritar junto, todo mundo xingando Gegê e Gegê xingando todo mundo, e o pessoal se agarrando, puxando, tentando separar Cristóvão e Gegê, enfim... não deu para entender mais nada.

25

Os finais

Se fosse esta uma história romântica, a taciturna partida de Gegê, no meio da noite, escondido de todos, se daria debaixo de uma chuva grossa, açoites de vento, escuridão sem lua nem estrelas, povoada de pavores e remorsos, quando ele estivesse atravessando o jardim. Toda a solidão impenetrável dos céus em trevas desabaria sobre ele. E o leitor seria tragado pelo melífluo canto do estilo do texto, mesmerizado, e assim lançado a um mergulho no espírito do garoto, tão turbulento como a tempestuosa noite, e submetido a titânicos embates. Iríamos focar o momento em que ele fugiu da biblioteca e falar de suas lágrimas, fervendo no rosto, marcando trilhas de fogo no que escorriam por sua face e que, embora feitas de dor e desilusão, qual cicatrizes jamais se apagariam. Ademais, haveria seu constrangimento, seu embaraço, sua vergonha pela perda total de controle, pela agressão cometida, como se fora a irrupção voraz desses demônios que vez por outra obscurecem a visão e arrebatam o coração; embora agora lutando com vozes da razão – uma batalha feroz, com momentos, ainda, de raiva, de ressentimento, em que culpava a todos, menos ele próprio. E poderíamos até descrever o instante em que, galgando o alto do portão, lançou um olhar para as janelas fechadas do casarão, sabendo que por trás de algumas delas estavam aqueles que foram seus amigos, e prometendo a si mesmo e ao mundo que jamais permitiria que retornassem à sua vida.

Já se fosse uma história com pretensões realistas, teríamos de marcar a comoção do garoto por breves gestos; os substantivos e verbos de ação predominariam. Na fuga da biblioteca, talvez não mencionássemos as lágrimas, nem muito menos exageraríamos a temperatura delas, mas poderíamos falar que ele chorava, que sentia a cabeça girar, que o estômago se contraiu, quando ele fechou a porta, e que, tomado por espasmos, não conseguiu segurar nada dentro. Acompanharíamos Gegê passo a passo, escrevendo rápidos comentários sobre as pedras, o ruído da chuva sobre elas, e sobre as janelas, como se uma delas pudesse se abrir de repente para flagrá-lo. Que chovesse, que fosse uma tempestade, mas não a compararíamos com nada fora deste mundo, nem construiríamos imagens grandiosas com palavras, nem exibiríamos a opressão no íntimo de Gegê, como se o íntimo das pessoas fosse aberto à literatura, mas manteríamos o foco da narração vindo de fora, sobre ele. Descreveríamos sua caminhada sob a chuva, vencendo a escuridão, e depois escalando o portão, aflito para alcançar a rua e deixar para trás o casarão, aqueles dias e tudo o que se referia àquelas pessoas por quem sentia, agora, talvez ódio; isso se não fosse mais intensa a vergonha, que o oprimia. E talvez, ainda, um pensamento lúcido cortasse o destempero latente da cena: Gegê comemoraria o fato de ninguém ali saber quem ele era no mundo físico, nem poder encontrá-lo, nem lhe cobrar o que ele fizera, nem como se portara naqueles dias, no que ele desaparecesse da comunidade e criasse para si uma nova identidade.

Enfim, quando o grupo se reuniu na biblioteca para as despedidas, havia um a menos – e um clima de perda entre eles, alguns remorsos em relação a Gegê, alguma raiva... e os lábios partidos e inchados de Cristóvão, bem onde Gegê o atingira com um soco, antes que Felipa tivesse pulado no cangote do agressor e derrubado-o no chão.

Roberta estava na maior ansiedade, já decidida a, mal os garotos partissem, tomar as primeiras providências para instalar o Sarau Gastronômico (com o *slogan*: "Leituras saborosas e comidas mais ainda"... ou: "Um cardápio de comidas e leituras de dar água na boca").

Precisaria ter jogo de cintura para conseguir fazer a coisa funcionar, mesmo sem esperar que se resolvesse a lerdeza da burocracia, o custo dos carimbos e selos, mas isso não a assustava.

– Vocês vêm na estreia do sarau, né? Ninguém pode faltar.

– Vamos ter de dar nossos nomes de verdade para os convites? – perguntou Noca. Mas, antes que Roberta se espantasse com a pergunta, a garota deu uma risada. – Brincadeira, tá?

Noca também tinha planos urgentes...

– Vou ver se essa história de leitura a dois – disse para Cristóvão e Felipa – funciona tão bem para mim quanto funcionou para vocês.

– O carinha escreveu? – quis confirmar Felipa.

– E como! Um e-mail de mais de vinte linhas... Para ele, sei que foi uma façanha de herói romântico. Deve ter passado horas na frente da telinha... Mas deixa que eu dou um jeito nele. A Roberta me indicou uns contos do Machado bem... provocantes!

Noca e Felipa riram, cúmplices.

Pouco depois, o portão da propriedade se abria e Roberta, do alto da rampa de pedra, acenava para eles. O barulho da rua pegou-os de repente, cobrindo-os, junto com uma lufada de calor. Misturada a gás carbônico. E à familiar piração urbana.

– De volta ao mundo – disse Felipa.

– Você ainda não me disse seu nome de verdade – reclamou Cristóvão, cravando um olhar moleque em Felipa.

– O meu é [...]! – apressou-se a dizer Noca.

Felipa deu uma risadinha e disse seu nome:

– [...]

Trocaram beijos, deram *tchau*... Mas, em vez de seguirem caminho, ficaram parados, se olhando, sem graça, sem saber o que fazer – nem como se separar, nem o que dizer... Quando então, num impulso simultâneo, os três se agarraram num abraço longo, muito longo, deliciosamente longo.

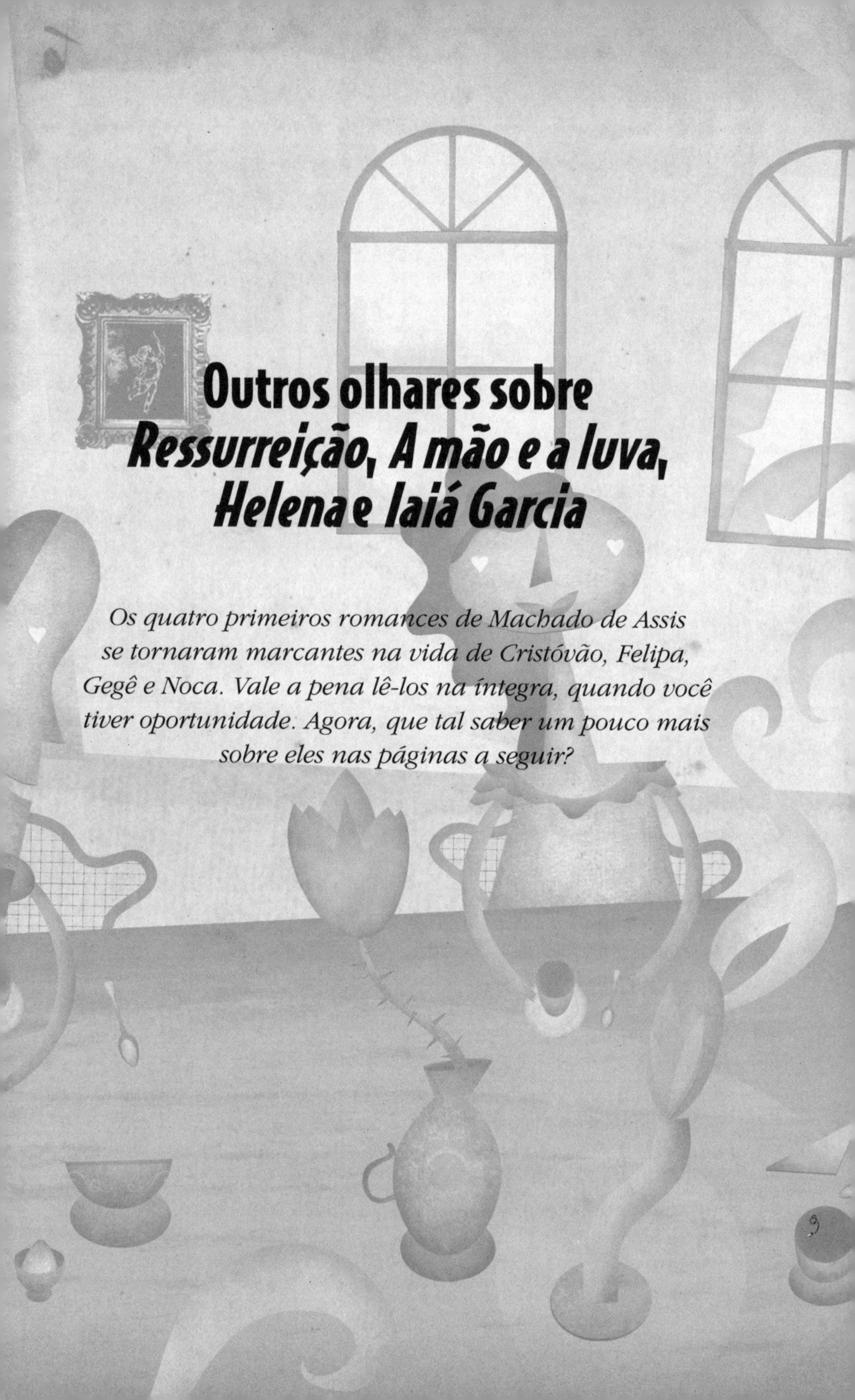

Outros olhares sobre *Ressurreição*, *A mão e a luva*, *Helena* e *Iaiá Garcia*

Os quatro primeiros romances de Machado de Assis se tornaram marcantes na vida de Cristóvão, Felipa, Gegê e Noca. Vale a pena lê-los na íntegra, quando você tiver oportunidade. Agora, que tal saber um pouco mais sobre eles nas páginas a seguir?

Primeiros bruxedos

Estátua de Machado de Assis na entrada da Academia Brasileira de Letras, no Rio de Janeiro. Se um escritor é consagrado como imortal ao se tornar membro da Academia, que dizer daquele que a fundou e foi seu primeiro presidente?

Machado de Assis nasceu em 1839 e morreu em 1908. De infância pobre e saúde debilitada, desde pequeno não teve a oportunidade de estudar em escolas. Mas graças a um grande esforço conseguiu vencer na vida e se dedicar ao que mais gostava: escrever. Foi um dos fundadores e o primeiro presidente da Academia Brasileira de Letras. Ainda em vida, era considerado o maior entre os romancistas brasileiros – assim como hoje o Bruxo da nossa literatura, como ficou conhecido, é tido como um dos grandes escritores da literatura mundial.

Seu primeiro romance, *Ressurreição*, de 1872, veio consolidar um prestígio que já vinha conquistando com a publicação de poemas, crônicas e críticas teatrais e literárias. Foi bem aceito pelo público. *Helena*, de 1876, continua sendo um de seus romances mais lidos, até hoje, e o que mais ganhou adaptações na TV. No entanto, a crítica, ainda hoje, desdenha dos quatro primeiros romances de Machado, achando-os inferiores aos que ele produziu a partir de 1881, data da publicação de *Memórias póstumas de Brás Cubas*.

Na verdade, não há romance de Machado de Assis que deixe de levantar polêmica. Dependendo do olhar do crítico, do estudioso, do especialista, do leitor, a obra varia de significado e mesmo de importância. Há desde aqueles que dizem que esses quatro primeiros romances são menos importantes, que servem apenas como ensaio para o romancista que irá se revelar a partir de *Memórias póstumas de Brás Cubas*, até os que defendem que são obras que travam um instigante diálogo, ou mesmo confronto, com a literatura que lhe foi contemporânea; sem falar nas articulações entre esses romances e os posteriores, que são sempre mais estudados, comentados, celebrados.

Novamente, é uma questão do olhar, da perspectiva sob a qual se lê e examina a obra – como é, aliás, tudo em literatura, principalmente num autor com obra tão pródiga como Machado de Assis.

As fases

Os críticos receberam com simpatia, mas sem muita festa o primeiro romance de Machado, *Ressurreição*. O curioso é que já havia, na época, quem o via destacar-se do estilo mais comum entre seus contemporâneos – como se vê nesta resenha que saiu sem assinatura no jornal *O Mosquito*, em 4/5/1872:

A aparição do romance de Machado de Assis pode servir de modelo a uns choramingas, espíritos ocos do bom senso e da gramática, que andam a azoinar os ouvidos dos poucos que ainda os leem, com suas invocações à lua e às estrelas. [os quais] Não falam a linguagem dos homens [...]

[...] Sem recorrer, pois, às exagerações de uma fantasia mais ou menos extravagante, sem precisar fazer uso da erudição, chamada de livreira, nem tampouco cansando o leitor com divagações extensas, ou diálogos que mais parecem discursos do que conversas, conseguiu Machado de Assis desenhar com traços indeléveis o tipo da irresolução e da dúvida no personagem do dr. Félix, a mulher apaixonada e digna em Lívia...

Chega a ser irônico que Machado, hoje em dia considerado difícil de ler por alguns, era louvado na época por escrever de um jeito natural, próximo da "linguagem dos homens". É que o tempo também muda o olhar.

O melhor é que houve boa resposta por parte do público para *Ressurreição*, e assim se seguiram os romances *A mão e a luva* (1874), *Helena* (1876) e *Iaiá Garcia* (1878). À exceção do primeiro, os demais foram publicados em capítulos – os dois seguintes no jornal *O Globo*, e o último em *O Cruzeiro*.

Os críticos receberam com certa perplexidade *Memórias póstumas de Brás Cubas*, desde quando começaram a sair os primeiros capítulos em jornal (março de 1880), pois por muito tempo os quatro primeiros romances ficaram estabelecidos como a identidade literária de Machado de Assis.

Quincas Borba, o último que ele publicaria primeiro em jornal, capítulo a capítulo, estreou em 1886 (1891 em livro), e já não causou tanta estranheza. Aparentemente, *Quincas Borba* parecia restabelecer laços com o Machado a que a crítica estava acostumada. Ou seja, os críticos na época não enfatizaram que Machado estaria vivenciando uma Segunda Fase em sua carreira, agrupando *Quincas Borba* e *Memórias póstumas de Brás Cubas*, mas, implicitamente, comportaram-se como se este último fosse uma espécie de ovelha negra na obra do já então popular autor.

No reino das especulações, das hipóteses e dos "se", podemos nos arriscar a lançar a seguinte provocação: se Machado houvesse publicado *Quincas Borba* logo depois de *Iaiá*

Reprodução

Personagens de *Ressurreição* impressos na revista *Semana Ilustrada*, no anúncio da publicação do romance. Da esquerda para a direita: Lívia, Félix, Meneses, Raquel, Luís Batista, Viana.

Garcia, haveria quem notasse uma *ruptura* entre os dois, na sequência de romances machadianos?

Trata-se de uma pergunta impossível de responder.

Mas são muitos os que enfatizam existir uma ruptura entre a história de amor de Estela e Jorge (e depois deste com a filha adotiva daquela) e as confissões do defunto que reviveu tão somente para nos contar sua gloriosa (na opinião do próprio) passagem pela vida.

Ora, se há pontos de aproximação fortes entre *Memórias póstumas de Brás Cubas* e os seguintes, há diferenças talvez de igual proporção. Pode-se dizer que essa divisão entre os romances de Machado geralmente só serve para se tentar desmerecer seus quatro primeiros títulos. Isso contradizendo a popularidade que alcançaram na época – fazendo de Machado um romancista de sucesso, à altura de substituir o idolatrado Alencar, falecido em 1877, e fornecendo a ele lastro para a ousadia de *Memórias póstumas de Brás Cubas*.

São em suma romances que nos oferecem uma leitura prazerosa, além de muitas surpresas, ao olhar mais atento.

José de Alencar e Machado de Assis na primeira página de um periódico de 1873. Crítico literário respeitadíssimo, inclusive por Alencar, Machado também já se tornava um escritor bastante reconhecido.

TV, cinema e traduções

As adaptações e as traduções dos primeiros romances de Machado de Assis atestam o interesse que eles despertaram no público.

Helena teve três adaptações para telenovelas.

A primeira é de 1952. Foi escrita por Manuel Carlos e produzida pela TV Paulista. Tinha em seu elenco Vera Nunes e Paulo Goulart. A segunda, produzida pela Rede Globo em 1975, deu início à série de novelas de época da emissora, no horário das 18h. Como protagonistas, atuavam Lúcia Alves e Osmar Prado. Foi escrita por Gilberto Braga e dirigida por Herval Rossano. A terceira, levada ao ar em 1987 pela Rede Manchete, era uma adaptação livre escrita por Mário Prata, Dagomir Marquezi e Reynaldo Moraes. Nos papéis principais, estavam Luciana Braga e Thales Pan Chacon. Foi dirigida por Denise Saraceni e Luiz Fernando Carvalho, que em 2008 dirigiu uma adaptação de *Dom Casmurro*, produzida pela Globo.

Reprodução

Charge de Machado de Assis feita por Rafael Bordalo Pinheiro. O escritor esculpe Helena no globo terrestre (alusão ao jornal *O Globo*, que, em capítulos, publicou o romance).

Nessa última versão, *Helena* virou comédia, fazendo deboche com as demais produções do gênero e com a própria TV. Na ocasião, a Manchete exibia também *Dona Beija*, de Wilson Aguiar Filho, com direito a cenas sensuais de Maitê Proença, interpretando o papel principal. Mário Prata e Cia. resolveram contra-atacar. Assim, havia cenas em que Estácio e Helena trocavam ousados carinhos, que, quando testemunhados pela mucama surdo-muda da casa (Léa Garcia), levavam-na ao pânico total. Na novela, Chica, a mucama, uma personagem que não existe no original de Machado, começa a falar e a escutar normalmente graças à poção administrada pelo Dr. Tales (outro personagem criado para essa versão, interpretado por Cláudio Mamberti).

Já *Iaiá Garcia* teve uma versão para o cinema dirigida pelo cineasta Geraldo Vietri, em 1978, intitulada *Que estranha forma de amar*. Houve uma versão em minissérie, produzida pela TV Cultura e escrita por Rubens Ewald Filho, em 1982.

Na época, a emissora lançou um concurso para estudantes, que deveriam escrever ensaios comparando a obra original com a adaptação para a TV.

Intensas histórias de amor

Não é à toa que esses livros agradam a tantos leitores há mais de cem anos e nos emocionam até hoje. Os quatro primeiros romances de Machado são acima de tudo intensas histórias de amor.

Estão por merecer há muito uma reavaliação mais cuidadosa, que inclusive faça, como os personagens de *Amor? Tô fora!*, uma leitura atenta, detalhista, e ao mesmo tempo criativa, além de mais articulada ao restante da obra machadiana. Uma leitura disposta a se apaixonar pelo que se lê, como sugere a epígrafe escolhida pelo autor Luiz Antonio Aguiar, incluindo todo o envolvimento, nos romances lidos, de seus personagens da trama dos dias atuais, reunidos nesse casarão no bairro em que Machado viveu a maior parte de sua vida e morreu, o Cosme Velho, no Rio de Janeiro.

É essa paixão, enfim, que torna a literatura importante em nossas vidas.

Reprodução

A casa do "Bruxo do Cosme Velho", que serviu de inspiração para o autor Luiz Antonio Aguiar criar a ambientação de *Amor? Tô fora!* Reza a lenda que o apelido de Machado se deve ao costume que ele tinha de queimar papéis velhos dentro de um caldeirão, no quintal dessa casa.